Tot BDSM

Subhasta

Erika Sanders

Tot BDSM
Subhasta
de
Erika Sanders
sèrie
Tot BDSM 1

Sinopsi

5

Consta de les següents novel·les:
    Esclava
    L'esposa musulmana
    Club BDSM

Tot BDSM és una novel·la de fort contingut eròtic BDSM i, alhora, una nova novel·la pertanyent a la col·lecció **Dominació i Submissió Eròtica**, una sèrie de novel·les d'alt contingut BDSM romàntic i eròtic.

(Tots els personatges tenen 18 anys o més)

Nota sobre l'autora:

Erika Sanders és una coneguda escriptora a nivell internacional, traduïda a més de vint idiomes, que signa els seus escrits més eròtics, allunyats de la seva prosa habitual, amb el seu nom de soltera.

índex:

TOT BDSM
SUBHASTA
ERIKA SANDERS

ESCLAVA

Pròleg:

Ser una dona submisa té els seus alts i baixos.

El més difícil va ser la responsabilitat afegida. Kelly era una dona de negocis forta. Va treballar dur tot el dia com a gerent d'oficina. A la nit, o els caps de setmana, encara havia de treballar. Un treball diferent. Era una submisa sexual al seu marit, atenent totes les seves necessitats. Va ser un paper que ella va acceptar.

La part bona va ser la sensació que li va donar. Li encantava agradar al seu marit. A Kelly li va donar consol ser sotmès, perquè sabia tractar-la correctament i amb molt de respecte. Va fer que Kelly se sentis segura d'estar en la seva esclavitud. Lligat per les seves cordes. I després van ser els orgasmes. Els preciosos orgasmes. Aquesta va ser la millor part de ser una dona submisa. Tots els orgasmes que mai podria desitjar.

Va donar al seu matrimoni una sacsejada molt necessària sempre que va ser possible. Després de diversos anys de matrimoni, qualsevol manera d'amenitzar la seva vida amorosa sempre va ser una bona cosa.

Mentre es despullava de la roba d'oficina, portava uns suaus mitges de seda, un parell de sostenidors i calces blancs i un bata transparent.

No era una cosa que portava sovint. I no estava obligat a vestir-se així per casa. Va ser una cosa que va triar fer per aquella nit en particular , que va ser molt especial.

Richard va tornar a casa cap a les 6 de la tarda. Havia estat treballant una mica més tard de l'habitual gràcies a una gran fusió en la qual havia estat treballant la seva empresa.

"Esteu increïble", va dir en veure la seva dona.

Kelly estava a la cuina amb el seu petit vestit sexy preparant un sopar casolà. Hi havia una fila d'espelmes que estaven disposades al menjador , però encara no s'havien encès.

"Vaig pensar que faria alguna cosa especial, ja que avui és un dia molt especial per a nosaltres", va dir.

"Creu que m'he oblidat?"

Va aixecar la cella. "Vostè?"

"El nostre 10è aniversari".

Ella va somriure: "T'has recordat".

"Ho vaig fer. I també t'he donat alguna cosa. Una petita sorpresa."

Va treure alguna cosa de la butxaca i la va mantenir dret per mostrar-la a la seva dona. Des de la curta distància, Kelly no sabia què era, però semblava una targeta clau o alguna cosa així.

Kelly va afinar els ulls i es va posar les mans als malucs. "Bé, em diràs què és, o ho hauré d'endevinar?"

El va tornar a posar a la butxaca. "Encara no puc donar-te tots els detalls. Però és una cosa que sé que t'emocionarà".

"Alguna pista?"

"Què vols?" Va preguntar en Richard. "Què vols que et passi? T'interessaria una altra dona?"

Va llançar una mirada escèptica. "Aquest és un altre dels teus jocs?"

"Ho dic absolutament seriosament. Estaries amb una altra dona si tinguessis l'oportunitat?"

Ella va fer una pausa. "És una cosa que m'interessa des de fa temps. Ja ho saps".

"Llavors ho farem realitat aquesta nit", va dir. "Vull que el nostre 10è aniversari sigui inoblidable. Vull dir-ho, aquesta nit serà especial i a diferència de tot el que hem fet abans".

Ella se'l va mirar. —Ho parles seriosament, oi?

"Ens vaig aconseguir entrades per a un esdeveniment molt únic. No hi havíem estat mai, però n'he sentit moltes coses fantàstiques de gent en qui confio".

"Sona emocionant."

" Per descomptat que és emocionant. Qualsevol cosa que vulguis que passi, es farà realitat, sexualment parlant. Pensa, què vols que passi? Com vols que sigui la teva primera experiència lèsbica?"

Kelly va utilitzar la seva viva imaginació. "M'agradaria que l'esclavitud s'impliqués d'alguna manera. Potser estic lligada i ella s'acosta i em llepa. Així m'imaginaria que serà la meva primera vegada".

"Com voldries que semblés? Alguna preferència? Pots tenir el que vulguis".

"No importa. Sempre que sigui dolça. Preferiblement no lesbiana. M'agradaria tenir el mateix nivell d'experiència que ella perquè puguem explorar-ho junts. Suposo que aquest seria el meu escenari ideal".

"Pots triar la dona que vulguis".

"Jo puc?" ella va preguntar.

"Tu tries i ella serà teva. El que s'adapti a les teves necessitats".

Les dues celles de Kelly es van aixecar. "Oh el meu."

"Com et sentiries si la fotis?"

Ella va donar una mirada juganera aguda. "Estàs buscant una excusa per fer trampes?"

"Tècnicament, també estaries fent trampes, ja que ella et menjaria el cony i et faria correr".

" Toca ", va somriure.

"Llavors, com et faria sentir?"

Kelly i Richard es van donar expressions juganeres. Sempre van ser totalment honestos entre ells. I s'havien casat el temps suficient per conèixer els pensaments de l'altre.

"Ara que ho menciones, sona força calent. Fer un trio no és una cosa en què penso sovint. Però se m'ha passat pel cap en determinades ocasions, aquí i allà".

"Només pensa, estaries lligat al llit, aquesta altra dona menjant-te el cony, llavors jo la fot. Simpàtica i dura. Potser després la puguis netejar amb la boca. Atractiu, no?"

"Déu, tot això sona tan desviat", va dir amb un to lleugerament nerviós a la veu.

"Però et mulla? Aquesta és la gran pregunta".

"Segur, suposo. El meu primer orgasme lèsbic seguit d'un trío. Això és suficient per humida qualsevol dona."

"Llavors està resolt. Ho estem fent".

Kelly va aixecar una cella. "Si continues parlant així, em faràs degotejar per tot el terra i tindré un veritable embolic per netejar".

"Això vol dir que estic fent alguna cosa bé".

"Sempre ho fas".

Richard va somriure: "Per al nostre 10è aniversari, els teus somnis es faran realitat. Aquesta serà una nit increïble. Vinga, posa't un vestit bonic. Et portaré a un bon sopar romàntic. Després, em portaré ets un lloc especial. Un lloc on no hem estat mai".

—Encara no m'has dit on anem.

"Ja ho sabràs quan hi arribem", va respondre Richard. "Et prometo que estaràs satisfet. Ara vesteix-te".

"Tinc el vestit negre perfecte per aquesta nit", va dir Kelly. "És nou. M'he anat morint de ganes de posar-lo".

"Després de sopar, no el portaràs molt de temps".

"T'estimo Richard. Els últims 10 anys de la meva vida han estat una gran aventura, ho saps , no ?"

"Jo també t'estimo", va respondre. "I l'aventura tot just comença".

Hi havia una expressió juganera a la cara de Kelly. Sabia que podia confiar en el seu marit. Sempre va prendre les decisions correctes per a ella. Però el secret va ser el que li va cridar l'atenció. Richard mai va ser una persona secreta. Però aquesta nit va ser diferent.

Kelly va guardar les olles i les paelles i va tornar a posar el menjar a la nevera, mentre encara anava vestida amb el seu vestit escàs. Tenia curiositat per la sorpresa del seu marit pel seu desè aniversari. Sigui el que fos, devia ser bo.

No obstant això, ella no tenia ni idea de com anaven a ser les coses bones. Va ser el regal d'aniversari perfecte que portaria la seva vida sexual a un nivell completament nou.

La dona esclava

L'Erika va esperar sola a l'habitació.

Era una mena d'oficina. Una mena de biblioteca. Al voltant de les parets hi havia llibres. I hi havia un gran escriptori de fusta. Hi havia una cadira davant de l'escriptori perquè l'Erika s'assegués més tard. També hi havia una gravadora de vídeo asseguda en un trípode, de cara a ella. De moment estava apagat .

L'habitació era un lloc d'elegància i sofisticació.

Ella només hi era perquè un amic proper li havia recomanat aquella organització en particular . Li van dir que tot estava dirigit professionalment i, fins ara, semblava que era així. Tot es va gestionar de manera corporativa.

La porta es va obrir i va entrar la Madame. Era alta, voluptuosa i duia un vestit elegant. Tenia un comportament poderós sobre ella, que era d'esperar d'una madame prominent.

L'Erika es va aixecar.

"Gràcies per esperar", va dir la senyora.

Es van donar la mà.

"No et preocupis. Entenc que ets una dona ocupada".

"Sempre estic ocupat, però m'encanta el que faig".

"Puc veure això."

—Ho has trobat tot al teu gust? va preguntar la senyora. "Espero que el meu personal us hagi estat útil".

—Sí, moltíssim, gràcies.

"Genial. Ara si no t'importa, m'agradaria començar a gravar aquesta sessió d'entrevista ara", va dir la senyora. "Tinc una agenda ajustada. Si us plau, asseu-te."

L'Erika es va asseure mentre la Madame activava la gravadora de vídeo. Aleshores, la senyora es va asseure darrere de l'escriptori i es va posar còmode, mentre les dues dones es miraven.

"Ara començarem l'entrevista", va dir la senyora.

L'Erika va assentir nerviosament. "Bé."

"Ja he revisat el teu currículum i els registres mèdics. Tot sembla acceptable. Aquesta és la fase final de la teva audició. Ens agrada gravar-ho perquè la nostra organització pugui fer que les coses siguin més adequades per a tu".

"Entenc."

"Indiqueu el vostre nom per a la càmera", va ordenar la senyora.

"Erika Sanders".

"Edat?"

" 28".

"Estat civil?"

"Casat".

"Ocupació?"

"Sóc paralegal", va respondre l'Erika. "Ajudo els advocats a preparar casos, entrevistar clients, fer investigacions, aquest tipus de coses".

"Com descriuries el teu aspecte?"

L'Erika va pensar un moment. "Tinc els cabells fins a les espatlles. Una mica ondulats. Color castany, que és una mica marronós. Constitució mitjana. M'han dit que sóc atractiu".

"Estàs d'acord?" va preguntar la senyora.

"Si això és el que la gent pensa, aquesta és la seva opinió".

"Et demano la teva opinió. Estàs d'acord que ets atractiva?"

"Crec que sí. Definitivament no sóc una supermodel atractiva, però estic bé amb la meva aparença".

"Quina és la teva millor característica facial?"

"Probablement els meus ulls. Són de color blau fosc. M'agraden".

"Hauria d'estar d'acord", va assenyalar la senyora. "Ulls blaus penetrants. Un nas bonic. I llavis bonics. Tens una cara molt bonica".

"Gràcies."

"I el teu cos? Com descriuries el teu cos?"

"Les meves proporcions són bastant mitjanes. Em mantinc en forma corrent els caps de setmana i fent ioga entre setmana".

"Com descriuries els teus pits?"

L'Erika va pensar un moment. "Són grapats petits. Fermes. Una mica cap amunt. Tenen forma de pera. Les meves arèoles són de color rosa clar. Tinc mugrons rosats que sobresurten".

"Els teus mugrons són sensibles?"

"Molt."

"Jugues amb els mugrons quan et masturbes?"

"De vegades", va reconèixer l'Erika.

"I les teves cames i el cul? Com els descriuries?"

"Bastant entonada", va respondre l'Erika, amb un toc d'orgull a la veu. "És de tot l'exercici que faig en el meu temps lliure".

"Ara parla'm de la teva experiència sexual. Has tingut moltes parelles?"

"No realment", va respondre l'Erika. "Menys de 7 anys, en tota la meva vida. Sóc més una persona de tipus de relació que algú que va per allà buscant una nit ".

La senyora va somriure: "I tanmateix aquí estàs, sent aventurera".

"Ja ho sé", es va ruboritzar l'Erika.

"Et descriuries com a aventurer sexual?"

"No exactament."

—Llavors, què et porta aquí?

"L'experiència", va respondre l'Erika. "M'agradaria experimentar alguna cosa nova, només per a mi. És difícil d'explicar, però m'agradaria explorar la meva sexualitat quan encara sóc jove. Segur que ho escolteu molt".

"Tot el temps", va acceptar la senyora. "Llavors, t'agrada experimentar amb coses noves?"

"Segur, de vegades. Qui no?"

"T'agrada experimentar amb l'anal?"

"Ho he fet amb alguns dels meus socis anteriors. No tot el temps, però és agradable de tant en tant".

"Tríos?" va preguntar la senyora.

"No."

"Estaria obert a la possibilitat?"

"Estaria obert a això. No m'importaria que fos amb les persones adequades. Sobretot si jo fos, ja saps, el submís del grup. No sabria què fer d'una altra manera".

"I l'esclavitud?"

"Tinc experiència amb bondage lleuger. Res extrem o hardcore. Només coses casolanes, amb coses de la casa, coses així. Tampoc res dolorós".

"La teva experiència d'esclavitud va ser satisfactòria?"

"Estava bé", va respondre l'Erika sincerament. "No tinc molta experiència amb això. Tampoc ho eren els meus socis anteriors. Va ser una mena de jugar amb una petita fantasia divertida".

"L'esclavitud és un art. No hi ha molta gent bona".

"Estic d'acord."

"Què passa amb les trobades lesbianes", va preguntar la senyora. "Has estat mai amb una dona abans?"

"He tingut algunes experiències lesbianes a la universitat amb una companya de pis. Res des d'aleshores".

"L'has gaudit? Encara hi penses?"

L'Erika va somriure: "Sí i sí".

"Creus que ets bo per menjar cony?"

"M'han dit que ho sóc".

"Tenint en compte totes les coses , crec que t'aniria molt bé amb les parelles. Tens una espurna tan natural sobre tu, ets curiós, de ment oberta i et desplaces en tots dos sentits quan cal".

"Mai havia pensat en estar amb una parella abans", va respondre l'Erika. "Però sona factible. Crec que estic preparat per això".

La senyora va assentir. "Ets una dona molt atractiva, Erika, amb una personalitat meravellosa. Estem contents de tenir-te aquí".

"Gràcies."

"Ara, això ens porta a les tres últimes preguntes. Les preguntes més importants. Primer, fins a quin punt ets sotmès ? Parla'm del teu costat sotmès".

L'Erika va reunir els seus pensaments. "Des que em vaig convertir en una persona sexual, sabia que era submisa. Potser no ho vaig entendre de seguida, però sabia què m'agradava. Gaudeixo que em controlen i em 'emportin' al dormitori".

"Per què?"

"Hi ha llibertat en deixar-ho anar. Quan em diuen què fer, o si estic obligat, es perd tot el control. Per a mi, hi ha llibertat en això. Tot està fora de les meves mans. Em sento segur i càlid". I m'encanta la sensació de ser el centre de l'atenció sexual. El meu cos està sent adorat i utilitzat per la meva parella".

Hi havia una tensió sexual a l'aire. Era una emoció crua. L'Erika es va deixar anar durant l'entrevista gravada. I la Madame gaudia cada segon de veure el costat vulnerable de l'Erika.

"Ara la segona pregunta", va dir la senyora. "Estàs preparat per convertir-te en un esclau?"

"Jo sóc."

"Per què?"

"Accepto bé les ordres. M'agrada que em diguin què fer i com fer-ho. Fins i tot amb la meva feina, sóc molt puntual amb totes les ordres del meu cap. Puc suportar un dolor lleuger. Sempre que no sigui massa dolorós. , ho gaudiré. Tot forma part de ser un bon submís, oi?"

"Tens raó", va acceptar la senyora. "Ara per la tercera i última pregunta. Per què voleu que us subhassin per una nit?"

"És la màxima fantasia de submissió. Ja saps, lluir el meu millor aspecte, ser admirat i després ser comprat per un total desconegut.

M'encanta la idea de ser utilitzat sexualment per algú que mai he conegut. És molt tabú".

"Creus que pots suportar la pressió?"

"Crec que sí", va respondre l'Erika.

"Com ho saps?"

"Perquè crec que m'aniré. És difícil d'explicar. Però sé que m'agradarà. Sens dubte estaré nerviós, però ho podria suportar".

La senyora va somriure i es va aixecar amablement. Va aixecar la gravadora de vídeo del trípode i la va agafar a la mà. Aleshores va caminar cap a l'Erika i es va posar davant d'ella.

"Hem acabat amb les preguntes", va dir la Madame, apuntant la càmera cap a l'Erika. "La part final del procés és veure si realment podeu actuar sota pressió".

"Bé."

Mentre encara apuntava la càmera cap avall, la Madame va aixecar la part inferior del seu vestit i va exposar la seva vagina nua.

"Ara, actua per a la càmera", va dir la Madame. "Impressiona'm".

Sense dubtar-ho, l'Erika es va inclinar cap endavant i va prémer els llavis contra la pell nua de la Madame.

***

La formació va ser una cosa molt informal.

Quan l'Erika tenia temps extra fora de la feina, visitava la Madame al mateix lloc on feia l'entrevista.

Allà, va ser educada en l'art de ser una esclava obedient.

"Tens molt per aprendre", va dir la senyora. "Afortunadament, ets un sotmès naturalment dotat. Entrenar-te serà fàcil".

I la senyora tenia raó.

L'Erika era natural. Va ser preparada en l'art del bon comportament de submissió i de les maneres correctes. Li van ensenyar les complexitats de donar sexe oral. I se li va ensenyar la manera adequada de relaxar-se quan estava lligada.

Mentre l'Erika feia la seva vida normal, la subhasta sempre estava en el fons de la seva ment. Quan treballava com a paralegal, passava temps amb el seu marit, la seva mare i les seves germanes, o anava a cafeteries amb els seus amics, no podia evitar pensar en la decisió que havia pres.

Una part d'ella va sentir que estava boja per fer una cosa així. Una altra part d'ella sabia que era exactament el que volia. Després de tot, la Madame va fer una operació altament professional i tot estava segur.

Però si no ho feia, sabia que sempre ho lamentaria.

L'Erika estava en la flor de la seva vida. Era una dona adulta. I havia decidit prendre una decisió que l'afectaria per sempre.

La Subhasta

Era la nit de la gran subhasta.

Es va asseure en una petita habitació privada mentre una maquilladora li arreglava l'aspecte. Va ser un procés curt, i quan es va fer, l'Erika va obrir els ulls per veure que estava preparada com una actriu de Hollywood preparada per a una gran estrena. Perfecte en tots els sentits. Els seus cabells també havien estat ben fets.

La maquilladora va sortir de l'habitació i l'Erika es va quedar davant d'un petit armari, decidint què posar-se.

Després d'una breu reflexió, es va decidir per un parell transparent d'un sostenidor i calces negres. Portava el vestit petit i es va examinar al mirall. Després van venir els talons alts als seus peus, i es va mirar una altra vegada.

L'Erika amb prou feines podia reconèixer el seu reflex.

Desaparegut l'assistent legal educat. Se n'havia anat la noia del costat. Desaparegué la dona jove adequada.

Allà estava Erika, l'esclava, amb un maquillatge glamurós, els cabells ben fets i un sostenidor prou prim per revelar el color dels mugrons.

Mentre mirava el seu reflex, es va preguntar qui seria el seu comprador. Seria un home? Una dona potser? La persona seria amable o aspra?

Déu, ella esperava que la persona fos amable. L'Erika era una dona que li agradava que la seva submissió fos tractada amb amor i cura. Era una submisa afectuosa. Aquest era el tipus que li agradava. Ella volia un dominant reflexiu. De qualsevol manera, estava preparada per acceptar el resultat. Era una dona adulta que va decidir ser-hi.

Després de tot, era la seva gran fantasia.

Hi va haver un cop a la porta.

"Entra", va dir l'Erika.

La porta es va obrir i la Madame va entrar, vestida amb un bonic vestit vermell llarg. El seu maquillatge també estava molt ben fet. Els ulls de la Madame miraven amunt i avall la submisa, satisfeta amb el que veia.

"Preciós com sempre", va felicitar la Madame, tancant la porta.

"Gràcies."

La senyora portava un coll negre i, a l'instant, l'Erika va saber per a què servia. Però la senyora no va parlar del collar, almenys encara.

"Com et sents?" va preguntar la senyora. "Estàs gens nerviós?"

"Una mica. En part emocionat."

"Et puc assegurar que és una sensació molt normal per a una dona a la teva posició. És perfectament saludable".

" Bé , m'alegro d'escoltar-ho".

"T'anirà bé", va tranquil·litzar la senyora. "Mentalment, estàs al lloc correcte. I tenim tantes persones fantàstiques que volen comprar un esclau aquesta nit. Estaràs en bones mans".

L'Erika va somriure: "Estic molt contenta d'escoltar-ho".

"Quina és la teva major esperança per a la nit?"

"Que el desconegut anònim m'impulsi als límits. M'agradaria explorar. Vull dir, aquest és el propòsit de tot això, oi?"

La senyora va assentir i va fer un lleuger somriure. " Sí, ho és . I et puc prometre que el teu desig de ser empès serà satisfet. Ja veus, els clients que vénen aquí a comprar esclaus tenen molta experiència. Saben exactament el que estan fent. Així que el teu costat sotmès serà content quan s'acaba la nit".

"M'estàs posant encara més nerviós, però en el bon sentit".

"No estiguis nerviós", va respondre la senyora amablement. "Ara digues-me, quina és la teva por més gran?"

"Que qui em compri serà desagradable. Ja saps, aquest tipus de coses. No m'agrada el dolor, ni el dolent de totes maneres".

La senyora va somriure: "Us puc assegurar que això no passarà. Tots els nostres membres i clients us tractaran amb la màxima cura".

"Això és el que he sentit. I això és part del motiu pel qual he decidit fer-me esclau aquí".

"Parlant d'això, gairebé és hora. Pots esperar aquí si vols, o darrere de l'escenari. Els meus assistents et guiaran fins a l'escenari quan et toqui".

L'Erika va respirar profundament. "Les papallones a l'estómac. Déu meu. Estic nerviós. Però estic preparat".

La senyora va fregar les espatlles de l'esclau entrenat. Es feia de manera maternal i acariciosa.

"Ets una dona forta. Pots fer això".

"Sé que puc. De fet, estic molt emocionat".

"Excel·lent", va somriure la Madame. —Ara, una última cosa.

La senyora va aixecar un collar negre amb el dit i el va fer girar juganera. L'Erika sabia exactament què havia de fer i es va aixecar els cabells perquè el seu coll quedés al descobert.

La Madame va embolicar el coll al coll de l'Erika, mentre s'enfrontaven al mirall. Era un collar amb les lletres platejades SLAVE a la part davantera del coll.

L'Erika va continuar agafant els cabells aixecats mentre mirava el seu reflex al mirall, mentre la Madame enganxava una corretja a la part posterior del coll.

I tot estava complet. L'Erika anava amb tota la roba d'esclava, a punt per ser subhastada al millor postor.

"Esteu impressionant", li va xiuxiuejar la Madame a l'orella. "Estic una mica trist de no poder veure't follat aquesta nit. Però sé que serà una experiència increïble per a tu. La subhasta començarà aviat".

La senyora va fer un petó a l'esclau a la galta i després va sortir de l'habitació.

***

La majoria de la gent té una idea de com és una subhasta. Quan la gent pensa en subhastes, pensa en un noi que parla ràpidament a l'escenari i els participants aixequen la mà per fer ofertes per qualsevol article que estigui a la venda.

Això era semblant. Però també molt diferent.

L'Erika es va posar entre bastidors amb la seva petita roba transparent i el coll negre, i va escoltar com la Madame conduïa la subhasta.

Cada esclau es venia amb cura i es tractava com si fossin béns preuats, com si fossin els tresors més grans del món. Escoltar la subhasta que s'estava duent a terme va fer que li bategava el cor i li va mullar el cony.

Finalment, va ser el seu torn.

"Senyores i senyors", va dir la Madame al públic. "A continuació, tenim un tracte molt especial. És nova en l'experiència d'esclaves. Però també està molt preparada. Si us plau, benvinguda, la bella Erika".

El petit públic va fer un lleuger aplaudiment quan l'Erika encara estava entre bastidors. Dues dones poc vestides es van acostar a l'Erika i la van agafar per la corretja. Les dones no van dir ni una paraula.

L'Erika va ser conduïda al mig de l'escenari. Quan l'Erika es va situar al centre de l'escenari sota els focus, les dones es van situar al seu costat, juntament amb la Madame que parlava per un micròfon.

Tot i que va fer tot el possible per mantenir una compostura de dama adequada, el seu cor bategava furiós. Era una habitació fosca. Però ella va veure la multitud tènument. Devia haver-hi almenys 50 persones. Podia dir que tots anaven vestits de manera extravagant.

Els homes portaven vestits bonics. Les poques dones de l'habitació portaven vestits de luxe. Va ser un afer amb classe, i tots estaven allà per fer sexe.

"Aquesta és la bella Erika", va dir la Madame. "De dia és una dona de carrera professional que treballa com a assistent legal. No obstant això, la seva fantasia és ser tractada com la bona esclava per a la qual va néixer. És submisa en tots els sentits. I creieu-me, he Ho vaig descobrir jo mateix".

La Madame va petar els dits i les dones de l'escenari van treure el sostenidor de l'Erika, deixant els seus pits al descobert. Aleshores les dones van baixar les calces de l'Erika.

Déu meu, l'Erika va sentir que el seu cony es mova. Era l'única persona nua a l'habitació plena de gent ben vestida. Tots els ulls estaven posats en ella. El focus brillant es va centrar en el seu cos nu.

La senyora va continuar. "Com podeu veure, és físicament perfecta. Com a practicant de ioga de 28 anys , està en la flor de la seva vida. Pits amb forma de peres madures. mugrons rosats que sobresurten, sensibles i fets per ser succionats. Braços tonificats que estaven fet per ser agafat mentre l'agafen. Un cos flexible, fet per doblegar-se en qualsevol forma mentre és violat. Una boca feta per xuclar. Un cul fet per al sexe anal. I un cony fet per suportar".

Els ulls de l'habitació miraven el cos nu de l'Erika.

La senyora va continuar: "L'esclava que veus és molt experta en l'art del sexe oral. Particularment en l'art de la satisfacció femenina. T'ho puc dir per experiència de primera mà. També és versada en la satisfacció masculina. La qual cosa la fa perfecte per a parelles casades."

L'Erika es va quedar quieta i els seus ulls van mirar l'habitació. Tot i que l'habitació era fosca, encara podia veure les expressions tènues de la gent a l'habitació, veient-los salivar davant la idea de posar-li les mans damunt.

La senyora va continuar: "Tot i que gaudeix d'una esclavitud lleugera, és un gatet delicat i ha de ser tractat amb la màxima amabilitat i respecte. És una noia molt especial, després de tot".

En el fons, era tot el que l'Erika esperava. Va ser molt més aterridor del que s'esperava, però va aconseguir l'estranya emoció exhibicionista que buscava aquella nit.

"L'oferta inicial és de 5.000 dòlars per a aquest esclau", va dir la Madame.

De sobte, els llums de l'habitació es van il·luminar una mica i ja no era tan fosc. L'Erika tenia una millor visió del públic, i només la posava més nerviosa. Va poder veure les cares de la gent de l'habitació. Va ser molt més espantós. I també va ser molt més excitant.

Quan arribaven les ofertes, l'Erika amb prou feines podia sentir res. La seva ment li girava. Va ser una gran pressa. Amb prou feines podia escoltar, però va poder veure les mans pujant, en el que semblava a càmera lenta, mentre la gent de la sala feia les seves ofertes pel cos i els serveis sexuals de l'Erika.

L'Erika va sortir del tràngol quan va sentir les següents paraules.

"Vengut! Al convidat número 38, per 15.000 dòlars".

Aquell va ser el moment en què l'Erika va tornar a la realitat.

***

Quan va acabar la subhasta, els esclaus es van posar dempeus obedients en una fila ordenada, vestits amb els seus petits vestits, dempeus darrere de l'escenari. Estaven tots collats i llestos per ser enviats als seus nous propietaris.

L'Erika va gaudir de la sensació de ser venuda. Volia conèixer el seu nou mestre. Va ser emocionant. Ella esperava que fos un noi agradable. Va desitjar amb tot el cor que fos una experiència memorable. Es va preguntar quins tipus de fetitxes tenia el seu nou propietari. Potser només volia follar? No hi ha res dolent amb això.

Tot va formar part de l'experiència de ser venut. La curiositat tenia la seva ment girant i el cony humit.

La Madame va venir i va felicitar personalment tots els esclaus. Aleshores els va assegurar que la nit només començava.

Va lliurar un tros de paper a cada esclau, després van ser escortats per dones poc vestides.

A continuació, va ser el torn de l'Erika.

"Ets un gatet molt afortunat aquesta nit", va dir la senyora.

Va lliurar a l'Erika un petit tros de paper que tenia el número 930. Era el número de l'habitació on seria el seu propietari.

"Gràcies."

"El teu nou propietari té alguna cosa especial per a tu", va dir la senyora. "Estàs preparat?"

"Jo sóc."

"Això és el que m'agrada sentir. T'anirà bé. Confia en els teus instints i gaudeix de la teva primera experiència d'esclau. El submís dins teu rebrà el plaer que es mereix amb raó. D'acord?"

Amb això, la Madame es va inclinar cap endavant i li va donar a Erika un suau petó als llavis. Quan va acabar el petó, es van mirar als ulls, i l'Erika va ser escoltada per la corretja lligada al coll.

La nit

Les dues dones poc vestides van portar a l'Erika fins a l'ascensor, després cap a l'habitació. Cap d'ells va dir ni una paraula. Les dones no parlaven. I l'Erika estava massa nerviosa per dir res.

L'Erika encara només duia la seva part superior transparent i les calces petites. I la conduïa per la corretja del coll.

Un cop van arribar a l'habitació, la dona va trucar a la porta i després la va obrir.

L'Erika va ser conduïda a l'habitació on es trobava al costat de l'entrada amb una postura perfecta de dama, com hauria de plantar-se una bona esclava, i les dues dones se'n van anar tancant la porta.

Es va quedar sola amb el seu comprador.

L'habitació en si semblava una habitació d'hotel elegant. Estava net, molt net i hi havia un sentit elegant. Només alguns dels llums estaven encesos. L'habitació era una barreja de llum i foscor.

A la cadira, hi havia un home assegut. Anava vestit amb un vestit afilat i la seva cara estava parcialment coberta de foscor. A través de la dèbil llum, l'Erika va pensar que l'home devia tenir uns 30 o 40 anys. No semblava tenir cap expressió a la seva cara.

Hi havia un vestit negre preciós col·locat ordenadament sobre una taula.

Al llit, hi havia una dona nua. Tenia els canells lligats als pals del llit. Els seus turmells es van lligar als pals inferiors del llit i estava en una posició d'àguila estesa . Hi havia una bena que li cobria els ulls. I una mordassa de bola vermella a la boca.

L'Erika va sentir que la seva adrenalina tornava a la visió surrealista. Ella sabia per la vista de les coses que estava en mans d'un dom professional. No un aficionat. No algú que està experimentant. Però un autèntic professional.

"Despulla't", va dir l'home casualment. "També els teus talons. Però deixa el coll posat. M'agrada la corretja".

"Sí senyor."

L'Erika va obeir. Es va treure la part superior per revelar els seus pits en forma de pera. Es va treure el cul, les cames atlètiques tonificades exposades, juntament amb l'entrecuix netament afaitat. I es va treure els talons.

En aquells breus moments, l'Erika es va quedar completament nua davant del seu nou propietari. Estava completament nua, excepte pel coll ESCLAV al coll, amb la corretja encara penjant.

Ella ja no estava nerviosa. Després de quedar-se nua a l'escenari en una habitació plena de gent, en aquest moment podia gestionar qualsevol cosa.

"Em dic Richard", va dir l'home. "La dona nua que veus al llit és Kelly".

"Hola Richard", va respondre ella, intentant sonar cordial. "Sóc l'Erika".

"Benvinguda, Erika. T'has de sorprendre."

"Per què?"

"Que et vaig comprar, mentre la meva dona està lligada nua al llit".

Així que la dona nua lligada al llit era la dona d'en Richard. L'Erika va quedar realment sorprès, però en el bon sentit. Aquella nit tenia la ment oberta i estava preparada per a qualsevol cosa.

"Certament és poc ortodox", va respondre l'Erika. "Però tots tenim les nostres fantasies a la vida. I jo no sóc algú per jutjar".

"No quan tens una corretja al coll".

"Sí".

"Et vaig triar per uns quants motius", va dir Richard. "Primer, ets molt bonica. Segon, ets nova en això. Tercer, a la meva dona t'agrada. Quart, aparentment ets molt bona per agradar a altres dones".

L'Erika va assentir. "M'han dit que tinc aquest talent".

"Bé, perquè la meva dona mai abans havia tingut el plaer de la satisfacció femenina. Però està interessada".

L'Erika va mirar cap a la dona nua que estava lligada, amb els ulls embenats i amordassada.

"Estic segur que és una persona encantadora".

"I molt sotmès també", va afegir Richard. "Ja veus, com has esmentat abans, la meva dona i jo tenim un matrimoni molt poc ortodox. Jo sóc el seu marit. I també sóc el seu senyor. Ella és la meva dona. I també és la meva submisa. Ens estimem molt. . I ens ocupem de les necessitats dels altres".

—Ho entenc, senyor.

"Si us plau, truca'm Richard."

"D'acord, Richard."

Va continuar: "Avui és un dia molt especial. És el nostre 10è aniversari. Simplement no n'hi ha prou amb lligar-la a casa i fer-la córrer. No. Un dia com avui ha de ser especial. Per això l'he portat aquí. I per això t'he comprat com a esclau meu per a la nit.

La fantasia havia cobrat vida. L'Erika va sentir els seus nervis desaparèixer i el seu cony cada cop més humit. Déu meu, estava preparada per a això.

"M'encantaria ajudar de qualsevol manera que pugui".

"Alguna vegada has entretingut una parella casada?"

"No."

"Un trio?"

L'Erika va negar amb el cap. "No."

—No tens molta experiència, oi?

"No, demano disculpes. Vaig deixar clar a la Madame que sóc nou en aquest món. Així que perdoneu-me si no estic a l'altura. Però prometo fer-ho tot el possible".

"No et demanis disculpes", va respondre. "Tampoc no he fet mai un trio abans. I mai abans li he presentat una altra parella a Kelly. Per això ets perfecte per a això. Podem explorar-ho junts".

L'Erika va assentir. "Això m'agradaria".

"¿T'agradaria? T'agradaria tastar el cony de la meva dona mentre jo et rapto per darrere?"

"Sí".

"T'agradaria començar?"

L'Erika va assentir. "Sí".

"Bé, doncs, esclau, el cony de la meva dona està ben obert. Estic segur que a hores d'ara s'està mullant. Per què no seguiu endavant i tasteu?"

"Gràcies."

L'Erika es va acostar a la dona lligada i indefensa al llit. Com més s'acostava, més clares veia les parts nues de la dona. A l'habitació parcialment il·luminada, l'Erika va veure els mugrons marrons de la dona i la zona vaginal ben afaitada.

Va ser un moment surrealista, i l'Erika estava a punt de fer sexe oral amb una dona a la qual no havia conegut mai abans. Una dona que estava lligada i amb els ulls embenats. Una dona que no podia ni parlar perquè tenia un mordaç a la boca.

I no era una dona qualsevol. Era Kelly, l'esposa del propietari.

L'Erika es va col·locar al llit, entre les cames de Kelly. Es va preguntar què devia estar pensant Kelly, si estava gaudint d'això o no. Es va preguntar si aquesta era realment la fantasia de Kelly.

La pregunta va ser contestada mentre l'Erika es va ajupir i va mirar més de prop el cony de l'àguila estesa . Dins el cony estava humit. Els líquids brillaven. No va ser una ciència de coets determinar que Kelly estava molt excitada. No hi havia cap dubte.

L'Erika va fregar les cuixes de Kelly, tancant-se al centre. Aleshores es va inclinar cap endavant i li va donar un bon petó al cony. Va fer estremir a Kelly. Després d'una altra llepada, les cames de Kelly semblaven contraure's. L'Erika va llepar amunt i avall com una bona esclava.

"Digues a la meva dona el gust que té", va dir en Richard.

"És un gust increïble".

"Digues-ho a la meva dona".

L'Erika va mirar cap amunt a la dona amb els ulls embenats i amordassada. "Tens un gust increïble Kelly, realment. M'encanta el teu gust. M'encanta. M'encanta el gust del teu cony a la meva llengua".

Hi va haver un so de gemecs procedent de Kelly, però es va apagar per la mordassa de la bola a la seva boca.

"Ben dit", va elogiar Richard. "Ara segueix llepant. Fes-la córrer."

L'Erika va continuar el seu treball i va centrar la seva atenció oral en el cony humit. Durant tot el temps, l'esposa lligada va continuar gemint amb el mordassa a la boca i retorçant-se al llit.

Mentre la llengua de l'Erika estava enterrada profundament al cony, llepant amb habilitat cap amunt i cap avall, es va preguntar sobre la dona que li agradava. Es va preguntar com era Kelly a la seva vida normal, què es dedicava a guanyar-se la vida, quines aficions tenia, quins tipus de menjar li agradava menjar, quins programes de televisió li agradava veure.

La curiositat només va fer que el comptador sexual fos molt més calent. Potser l'Erika descobriria totes les respostes quan poguessin parlar i fer-se amics algun dia. O potser mai es parlarien entre ells, mai. Qui sap?

Però l'únic que importava en aquell moment era agradar el cony de Kelly. Aquesta era l'única feina de l'Erika, fins ara.

A la feina, l'Erika sempre prenia bé les ordres i sempre les seguia. Ara, el seu cap era Richard, i se li havia ordenat que la seva dona es corregués.

La seva llengua va continuar acariciant amunt i avall. Els seus llavis van romandre pressionats contra el cony. I de tant en tant, donava al cony una bona xucla i bevia els sucs naturals.

Cada acció va donar a Kelly una reacció igual quan s'estava lligada al llit. La dona va estirar les cordes que li lligaven els canells. I va estirar les cordes que li lligaven els turmells. Els seus gemecs van ser amortiguats per la mordassa de la bola vermella a la seva boca.

L'Erika va treballar més quan va saber que la seva tècnica oral funcionava i aconseguia l'efecte desitjat.

"Se li mouen els dits dels peus", va dir en Richard. "Això vol dir que està a prop d'aconseguir un orgasme".

Va ser llavors quan l'Erika va treballar encara més dur. Va llepar més fort i més ràpid. Va pressionar els llavis amb més força i va xuclar amb una intensitat creixent.

Kelly es va retorçar amb força i va tirar de les cordes que la mantenien lligada. Ella va gemegar fort, però va ser reprimida per la mordassa de la bola.

"Oreneta", va dir en Richard a l'esclau. "La meva dona és una squirter. T'he d' avisar. I vull que t'ho empassis si està bé".

"Mmm hmm" reconeix l'esclau.

Efectivament, va arribar l'orgasme i va arribar d'una manera espectacular. L'Erika va continuar xuclant i llepant, i Kelly va tenir un poderós orgasme.

Una ràfega de fluids va sorgir del cony de Kelly i a la boca de l'Erika. Va venir en diversos brots i la boca de l'Erika era implacable per empassar. El cos de Kelly es va sacsejar i es va retorçar mentre l'Erika continuava treballant la seva màgia oral amb la seva boca altament entrenada.

Quan va acabar, els líquids van deixar de sortir i el cos de Kelly va romandre quiet, mentre respirava fortament pel nas.

L'Erika es va asseure dreta amb sucs de cony per tota la boca, com una capa fresca de maquillatge humit.

"Bravo", va dir en Richard casualment. "Has fet una feina fantàstica".

"Gràcies senyor ".

" Així que digueu-me, com té la meva dona?"

"Deliciós, senyor".

"Erika, la meva esclava, ara et fotré. I et faré pel cul".

Ella va tragar. "Sí mestre".

"No ho farem en una posició normal. Enteneu? Això serà una cosa diferent. Una cosa que no heu fet mai abans".

"La meva ment i el meu cos estan oberts per a tu".

Richard va assentir satisfet. "Poseu-vos de quatre potes. Col·loqueu-vos per sobre de la meva dona. La mirareu als ulls".

Ella va tornar a tragar. "Sí mestre".

L'Erika es va posar a quatre potes i es va col·locar sobre la dona nua a la qual acabava de donar un intens orgasme lèsbic. No una dona qualsevol. Però la dona del seu nou propietari per aquella nit.

Quan estava en posició, estava a pocs centímetres de la cara de Kelly. Fins i tot amb la bena dels ulls i el mordaç, l'Erika va saber que Kelly tenia trets facials molt bonics i es va preguntar com seria Kelly sense l'esclavitud.

Quan va assumir la posició, va sentir en Richard aixecar-se i desfer-se la roba. Ella no el va mirar. Simplement va romandre en posició, a quatre potes, directament damunt de l'esposa lligada.

"La meva dona és una dona increïble", va dir Richard a l'esclau.

Aleshores, l'Erika va sentir el so d' un tap d'ampolla que s'obria. Va saber de seguida que era lubricació. La seva sospita es va confirmar quan va sentir el dit d'en Richard, recobert de lubricant, prement contra el seu anus.

El dit lubricat va ser empès dins del cul de l'Erika.

Va continuar: "La Kelly ha estat la meva dona submisa durant 10 anys. Lleial i preciosa en tots els sentits. Aquesta nit és una cosa nova per a nosaltres".

El dit es va moure dins i fora, recobrint les parets rectals de l'Erika.

Va continuar: "Aquesta és en part la seva fantasia. Ella volia estar lligada al llit, mentre una dona es menjava el cony. Tot i que no pot parlar ni veure en aquest moment, puc dir que li va encantar . Les reaccions del seu cos són fàcil de llegir. La manera com els seus dits dels peus s'enrotllaven i les cames tremolaven, això significa que va tenir un orgasme intens. Els fluids del seu cony només ho van confirmar".

El dit d'en Richard es va allunyar. Llavors va pressionar la punta de la seva erecció contra el petit anus de l'Erika.

Va afegir. "Vols veure-la? Vols fer-la un petó?"

"Sí, senyor", va assentir l'Erika. "Voldria."

"Per què?"

"Hem compartit una experiència especial junts. I crec que és bonica".

esta nit no va ser la nit per al sexe amable. Aquesta nit era una esclava. i una esclava l'amo de la qual volia follar-li el cul fort.

Mentre la merda persistia, l'Erika va continuar besant a Kelly a la a. Es va convertir en un petó de llengua humida descuidada. A l'Erika encantar la sensació. I li va encantar especialment el fet que Kelly mai s havia besat a una dona. Hi va haver una emoció eròtica en prendre rginitat lèsbica de Kelly.

"Tu gaudeixes del sexe dur?" va preguntar el propietari.

Ella va lluitar per parlar. "Sí senyor."

"Deixa'm saber si es fa massa. Mai vull fer-te mal, estimada. Però ment vull que et corregis. Vull que et corregis com ho va fer la meva a".

La cogida anal es va fer més dura i més intensa quan en Richard gafar la corretja i la va estirar suaument, cosa que va sufocar gerament el coll de l'Erika. Com a resultat, la seva respiració es va ingir i va sentir una opressió al coll.

L'Erika va deixar de besar a la dona lligada mentre la follada anal eia més difícil. Cada cop es feia més dur, i el llit va començar a olar. L'Erika va sentir com la pressió augmentava dins d'ella mentre colpejava el cul.

"Oh déu", va gemegar l'Erika mentre se li estrenyia el coll. "El meu . el meu cul..."

En aquell moment, el fons de l'Erika estava rebent cops tan fort que eus petits pits en forma de pera van començar a moure's cap endavant enrere. Les llàgrimes es formaven als seus ulls i ella va continuar fent s sorolls gemecs.

La corretja s'estirava amb més força i el coll es va estrènyer, donant a ka menys aire per respirar.

Encara pitjor, mentre en Richard continuava estirant la corretja amb mà, va utilitzar l'altra mà per arribar a sota i acariciar el sensible ró de l'Erika. El va pessigar i retorçar-lo. El bastard. Coneixia la seva litat. Coneixia el seu punt sensible i l'explotava durant el sexe. El seu

"És preciosa", va dir Richard. "Endavant, compro
Treu la bena dels ulls. Treu-li el mordassa de la boca".

L'Erika va complir. Va treure amb cura la bena de
les dues dones van fer contacte visual. L'Erika va mirar
Kelly, va veure la dona que s'acabava de menjar el con
orgasme lèsbic.

Llavors l'Erika va treure la mordassa de la bola verm
boca de Kelly es va alliberar, jadejant per respirar profu

L'Erika estava contenta de veure per fi la cara de la
preguntar com sonava la veu de Kelly o si realment es d
entre ells.

Però no va passar, encara no.

Richard va empènyer la seva polla al cul de l'Erika, i
escapar un petit soroll. La polla va ser més profunda, i
es van eixamplar i la seva boca es va obrir, mentre enca
als ulls.

"T'agrada la meva dona?" Richard va preguntar, a
enterrada profundament dins del cul de l'esclau.

"Sí... senyor. Molt bé."

Es va tirar enrere, després va empènyer, fent que l'E
"Vols besar-la?" va preguntar.

"... oh... sí senyor".

"Llavors fes-ho. Ni tan sols no havia fet un petó a
Seràs la primera."

L'Erika es va ajupir i va fer un petó a la dona co
una polla començava a rapir-li el cul. Va ser oficialment
l'Erika. En aquell moment, va sentir que el seu cul era
polla dura de Richard i els seus llavis estimulats per la s
de Kelly.

La merda va continuar i l'Erika va sentir que el seu
a que la polla la colpejava. En tots els seus anys d'expe
abans s'havia fet tan dur. Estava acostumada al sexe

mugró rosa estava en agonia. Però també va ser una font de gran plaer per a ella.

La seva boca feia uns sorolls curts. Els seus ulls es van tancar. El seu cos estava rígid mentre suportava els cops de cul, les restriccions respiratòries i la tortura dels mugrons. I les seves mans apretaven fortament el llençol. La sensació de sexe anal intens i estimulació sexual s'anava acumulant dins de l'esclau, i en Richard ho va intuir fàcilment.

"Cum, el meu esclau", va grunyir Richard. "Squirt com va fer la meva dona".

Va deixar anar el seu mugró i, en canvi, va abaixar la mà i va jugar expertament amb el clítoris dolorós de l'Erika, mentre ell va violar el seu cul amb la seva polla erecta. L'Erika tenia clar que el seu propietari coneixia bé aquesta posició, i ho devia haver fet moltes vegades amb la seva dona Kelly. Una dona tan afortunada, va pensar l'Erika.

La corretja es va estirar amb més força i el coll es va estrènyer al voltant del coll de l'Erika, fet que li va impedir cridar.

En lloc de crits, de la boca de l'Erika van sortir breus respiracions d'aire quan va arribar al seu orgasme. La seva esquena es va arquejar cap amunt mentre el seu cul estava sent violentament colpejat, i el seu clítoris es va fregar furiós.

"El meu cul", va gemec suaument, amb el seu petit i apretat estirament dur. "El meu cul".

Va ser el seu torn de correr. I també va ser el seu torn de squirt. Uns quants raigs de fluids van sortir del cony de l'Erika i al cos de Kelly. Ella no es va corregir tant com Kelly. L'Erika no era realment una squirter natural. Però va arrossegar prou per fer una declaració.

I aquesta afirmació era que el sexe era increïble i que li encantava ser esclava d'aquella parella casada.

L'adherència de la corretja s'anava alliberant lentament i el coll se sentia menys restrictiu. L'Erika va sentir que l'aire tornava als seus pulmons i al seu coll i gola tranquil·lament. Entre l'intens orgasme que va sentir i el coll que es va afluixar, l'Erika amb prou feines es va adonar del fet que en Richard acabava de correr-se dins del seu cul.

"Ja he acabat", va dir en Richard, alliberant completament la seva presa de la corretja. "Ara és hora que et netegis".

L'Erika va reconèixer la insinuació de la seva veu. Va romandre en silenci un moment i va respirar amb força. Volia recuperar la calma abans de tornar a parlar amb el seu amo.

Tot era part de ser un esclau correcte.

"Com voldríeu que ho fes, senyor?" va preguntar amb una veu ben composta.

"Premeu el fons contra la cara de la meva dona. Ella et netejarà".

L'Erika va quedar sorprès. Però quan va mirar cap avall, va veure una mirada disposada a la cara de Kelly, que va assentir lleugerament amb el cap per fer-li saber a l'Erika que estava bé.

Una vegada que la polla es va treure del cul de l'Erika, es va arrossegar cap amunt i es va asseure dret, col·locant el seu cul just per sobre de la boca de Kelly, i es va abaixar. En el fons, l'Erika se sentia malament per estar en aquella posició, però no era la seva crida. Era el que volia el seu amo. I a jutjar per l'obedient llepar-se el cul de sobte, Kelly també ho volia.

Quan l'Erika va sentir que l'esposa lligada li llepava i netejava el cul, va tancar els ulls i va assaborir el moment. Va ser, amb diferència, la nit més boja de la seva vida. Res no s'havia acostat mai.

En molts sentits, ser subhastat va ser el millor que li va passar mai. Li va donar una sensació de confiança. La sensació que podia fer qualsevol cosa. Mai s'havia sentit tan còmode amb la seva pròpia pell.

Va ser l'alliberament sexual en el seu millor moment.

La llengua de Kelly va entrar una mica més a l'interior de l'anus per xuclar el semen, i l'Erika es va sentir com una esclava satisfeta. Es va preguntar si podria tornar a fer això, i amb qui?

Epíleg:

passat un any i en Richard li havia promès a Kelly alguna cosa especial.

Havia tornat aviat a casa de la feina. Mentrestant, Kelly acabava de tornar després d'un llarg dia a l'oficina. Encara anava vestida amb la seva vestimenta d'oficina.

Quan va tornar a casa, li van dir que es tregués les sabates i deixés la bossa.

"Almenys em puc canviar de roba primer?" ella va preguntar. "Probablement també em faria servir una dutxa".

"Permetre't fer això arruïnaria la sorpresa".

Kelly va somriure: "Un altre regal boig per al nostre 11è aniversari?"

"Això és", va dir, traient una bena dels ulls de la butxaca.

Ella el va mirar amb escepticisme, però va acceptar. Portava la bena dels ulls i en Richard la va conduir escales amunt, pel passadís, fins al seu dormitori.

Quan van arribar a la destinació, Richard va preguntar si estava preparada i ella va dir que sí.

Es va treure la bena dels ulls.

La mandíbula de Kelly gairebé va caure en veure una dona nua, lligada al seu llit matrimonial. La dona nua tenia els canells i els turmells lligats amb una corda. Estava agenollada, amb el cul apuntat cap a fora.

Tanmateix, no era una dona nua qualsevol. Era algú que li semblava conegut. Algú que Kelly va poder reconèixer a partir de la part posterior nua.

"És això... Erika?" ella va preguntar.

"Per què no tasta i ho descobreix?"

"Vostè..."

"La vaig comprar per aquesta nit. O més temps si vols. Pot ser la nostra esclava quan la necessitem. Està més que disposada".

"Ets massa", va dir Kelly amb un lleuger somriure, movent suaument el cap amb incredulitat.

"Va, fes un tast estimat".

Kelly va dirigir al seu marit una mirada ambigua, després es va acostar a l'esclau lligat, es va posar de genolls i va estendre encara més el cul de l'esclau amb les dues mans. Kelly va començar a fer sexe oral al cul i al cony de l'Erika.

Mentre continuava amb el seu treball oral, va sentir el so de Richard obrint un calaix. Va intentar ignorar-ho i centrar-se a agradar oralment a l'esclau. Però no va poder ignorar-ho quan en Richard va posar una petita caixa al llit, just al costat de l'esclau.

Pel racó de l'ull, Kelly va veure el que hi havia dins de la caixa petita. Era un kit de corretja acabat de comprar i Kelly sabia que seria una altra nit llarga.

L'ESPOSA MUSULMANA

43

Una de les coses úniques de la casa pairal era que cap de les habitacions tenia portes. Per tant , qualsevol podria veure qualsevol cosa, en qualsevol moment.

Això mai va ser una cosa de la qual Samira s'havia imaginat mai formar part. Era una bona dona musulmana. Ella només era aquí perquè fa molts anys, havia heretat la companyia naviliera marroquina del seu pare i, mitjançant decisions empresarials intel·ligents i intel·ligents, va poder crear una petita fortuna per ella mateixa.

Aquest èxit li va permetre viure de manera extravagant a Amèrica. No només s'havia convertit en una dona de negocis acomodada , sinó que també es va fer un nom en el món filantròpic, tocant-se amb grans celebritats i polítics per igual.

Ara aquí estava ella, a la planta baixa de "la Mansió Bondage", com molts dels convidats elitistes l'havien anomenada extraoficialment. Només estava aquí pel seu marit Michael, que era un nacional britànic i un ric inversor tecnològic amb totes les connexions adequades (inclòs un lloc com aquest).

Era una verge de 35 anys quan es van casar mesos enrere, i encara no es podia creure que ell l'hagués convençut perquè assistís a un esdeveniment hedonista com aquest. Era un regal de noces tardà, li havia dit Michael. Un regal del seu amic més proper, va afegir.

Tots els convidats anaven vestits impecablement per a l'ocasió. Per la seva banda, el conjunt de Samira incloïa un elegant vestit blanc, talons i joies de luxe. Els seus cabells negres, ondulats i deliciosos, estaven dividits pel centre i fluïen lliurement; tal com preferia el seu marit. La feia semblar exquisidament atractiva, com deia sovint.

Va mirar al seu voltant, esperant que no hi hagués ningú que la reconegués. Ningú ho va fer. Els convidats de parelles majoritàriament de mitjana edat, tots blancs, estaven massa ocupats centrant-se en els diferents premis que estaven a subhasta.

Dones poc vestides es van posar a diverses plataformes mentre els convidats feien ofertes per les que volien. Totes les dones eren atractives.

Adults joves. Diferents ètnies i procedències. I a Samira li va agradar veure que cadascun dels joves sotmesos gaudia d'estar-hi, amb somriures agradables i seductors a les seves cares encantadores.

"Divertint-se?" - li va xiuxiuejar en Michael seductorament a l'orella. "Comenceu a semblar més còmode sent aquí".

La Samira va abraçar el seu marit. "No diria això. Encara estic molt nerviós".

"Aviat estarem a la nostra habitació, amb més privadesa. Qui t'interessa?"

Va valorar les seves opcions més de prop. La veritat era que hauria estat feliç amb qualsevol dels sotmesos. Com a dona acabada de casar, tenir sexe amb el seu marit encara era un plaer meravellós que la deixava més enllà del contingut. Michael era bo al llit, i tots els seus plaers sensorials havien estat satisfets.

Però la idea d'explorar amb una altra dona va ser una oportunitat única per avançar encara més els límits de la seva sexualitat. La va reconciliar amb les seves creences religioses estrictes pel fet que això estava dins dels límits del seu matrimoni.

Mentre navegava, algú li va cridar l'atenció.

Una morena d'aspecte innocent amb un vestit negre ben ajustat , que era menuda amb la pell blanca lletosa; pell que semblava impecable. La seva cara era rodona i la seva estatura petita. El submarino estava subjectat per una corretja i un coll al voltant del seu coll, i estava de genolls, encoixinat amb un coixí vermell esponjós. No podia tenir més de 20 anys i els seus cabells castanys anaven lligats amb un moll net.

"Ella?" Va preguntar Michael, notant que la seva dona mirava.

La Samira va confirmar: "Crec que és adorable. No em puc creure que sigui aquí. Una noia així?"

"Les fantasies no tenen límits, estimada meva. Estic segur que té una història interessant. Anem a fer una inspecció més detinguda?"

Es van acostar a aquesta jove petita. Altres convidats a la mansió també estaven navegant. Van examinar la cara, el cos del sotmès, juntament amb la informació exposada.

Nom: Erika

Edat: 24

Altura/Pes: 5'2 110 lliures

Ocupació: Estudiant universitari (Economia)

Preferència: Presentació

Orientació: Obert a qualsevol cosa

Habilitats: qualsevol cosa i tot. Parelles. Neteja bucal.

Forats: tots 3 disponibles

Experiència: 3r acte

Cita: "Hola, em dic Erika i m'agradaria ser la teva joguina. Encara que sóc bastant nou , encara sóc molt curiosa i oberta a moltes coses. Puc ser una bona noia o una dolenta. La teva elecció és un plaer".

Preu inicial: $500

La sub "Erika" es va mantenir estoica mentre els compradors potencials miraven la seva bellesa i tenien pensaments dolents del que els agradaria fer amb ella. La seva cara era impossible de llegir.

"He de fer una oferta?" Va preguntar en Michael a la seva dona. "O hem de seguir navegant? Potser hi hagi algú més que t'agradi més".

Samira va ser inflexible. "No. Aquesta. M'agrada. Sembla tan dolça. Em fa preguntar-me com és en privat".

"Per descomptat, estimada. Aquesta és la teva experiència per admirar."

Michael va fer una oferta per aquest subordinat en particular i Samira va veure com el seu marit feia negocis.

Quan es van fer les ofertes i va arribar el moment, la subhasta va seguir el seu curs. Hi havia almenys 20 sotmesos en total. Cadascun s'estava subhastant. Pel que fa als convidats que no van poder comprar un sub per al dia, sembla que estarien ocupats entre ells, o amb els assistents que ajudarien a facilitar l'entreteniment del dia.

Els batecs del cor de la Samira van augmentar quan el seu marit estava licitant. Ella no volia que ningú més fos propietari de l'Erika. Amb tota honestedat, volia que l'Erika fos per ella mateixa i en Michael com a trio. Una noia tan encantadora com aquella, volia mantenir-se segura i nodrir-se, gairebé d'una manera maternal.

I si realment van guanyar la licitació? Seria aquesta la seva primera experiència lesbiana? Va sentir una sensació de pànic i vergonya. Si algú al seu país d'origen ho sabés mai...

Aleshores ho va sentir: Vengut!

Michael havia guanyat l'oferta. La submisa Erika es va aixecar i la corretja va ser lliurada al seu marit.

Quan la submisa va baixar, la Samira i l'Erika es trobaven cara a cara. El sotmès va somriure. L'únic que podia pensar en Samira era com de bonica era aquesta jove i com d'impecable semblava la seva pell; gairebé brillava. I aquests llavis! L'Erika tenia els llavis més deliciosos i naturals que es puguin imaginar. Què s'han de sentir durant un petó, o qualsevol altra cosa... es va preguntar la Samira.

Michael va ajudar a trencar la incomoditat i tots van fer presentacions. Van intercanviar amagaments i la Samira va sentir una mica de culpa que estarien utilitzant aquesta jove per plaer sexual, i res més.

Tots junts van pujar les escales. Michael estava al mig, i les dues dones van tancar els seus braços al voltant de cadascun dels seus. En aquest moment, el partit havia evolucionat. Encara era un afer de classe alta per a les elits socials. Però els pits estaven al descobert. Les parts del cos es van mostrar.

Quan van arribar al pis superior on hi havia totes les habitacions, ja podien sentir els sons dels gemecs i Déu sap què més. La Samira va mirar a una de les habitacions i va veure una submisa asiàtica de genolls que agradava oralment a un home, mentre la seva dona mirava. A l'habitació del costat, una llatina sotmesa es despullava per a una parella, modelant amb orgull el seu cos escultòric i els mugrons foscos per al seu plaer visual. En una altra habitació, un sotmès tenia els ulls embenats i estava lligat amb àguila estesa al llit.

Una vegada més, la culpa de la Samira per utilitzar l'Erika d'aquesta manera l'estava consumint.

Van arribar a la seva habitació. Era elegant i tenia obres d'art japoneses a la paret. També hi havia una gran finestra que supervisava el pati, on molta gent encara estava socialitzant a l'exterior mentre els assistents nus servien menjar i begudes. La Samira estava aterrida davant la idea que qualsevol podria mirar amunt i veure'ls. Però aquestes eren les regles d'aquest lloc.

Com a cortesia, Michael va treure el coll de l'Erika, fent-la semblar encara més sana.

La Samira volia dir: "No has de fer això, Erika. Pots mirar-nos, si això et fa sentir més còmode.

Abans que aquestes paraules poguessin escapar de la boca de la Samira, l'Erika havia pres la iniciativa.

Hi havia una mirada casual a la cara de l'Erika mentre es va posar davant d'ells, va treure la cremallera de la part posterior del vestit i el va deixar caure a terra. La seva pell era pàl·lida i tenia corbes subtils. Portava un parell de sostenidors i calces blancs a joc, juntament amb mitges i lligams. El sostenidor prim d'encaix amb vores de setí semblava una copa massa petita per a ella, cosa que semblava intencionada, i com a resultat els seus mugrons de color rosa eren visibles a la part superior.

En aquell moment, la Samira va saber que el seu propi judici era incorrecte. Això no va ser cap error. Aquesta jove sotmesa sabia molt bé què estava fent, allà parada amb els mugrons parcialment exposats, mentre es mirava a si mateixa per assegurar-se que la seva roba interior semblava correcta. Es va ajustar el sostenidor i les calces, i estava més que satisfeta amb el fet que els seus mugrons es veiessin.

"Estic a punt", va dir l'Erika amb un somriure irònic i les mans als malucs.

"Ets força estudiant d'economia", va assenyalar Michael, admirant el vestit de roba interior que amb prou feines hi havia.

L'Erika va assentir. "De fet, és el meu darrer any. He fet pràctiques dos estius seguits i espero trobar feina com a analista financer l'any vinent".

"Cervells i bellesa. Igual que la meva dona. Dirigeix una gran companyia naviliera".

"Oh?" La cella de l'Erika es va aixecar i va mirar per sobre de la figura sensual de la Samira.

"Sembla que aquí tots som professionals", ha apuntat Samira. "El meu marit i jo som nous aquí. Ens hem casat recentment. I mai abans hem fet res com això, si us ho podeu creure".

L'Erika va assentir. " Oh , definitivament ho crec. Aquest lloc és popular entre les parelles curioses".

"Ho he notat. Aquest lloc és... únic".

"Això és bo. El tema dom /sub és únic i difícil d'encertar. Però per això serveix aquest lloc. Per ser el teu guia".

La Samira es va tensar suaument. "Estic segur que ets un guia molt capaç".

"He estat entrenat a la perfecció. Així que sí, sóc molt capaç en moltes coses. I m'encanta donar plaer".

"Tu també tens un aspecte dolç".

"Vas ser tu qui em va escollir?" Va preguntar l'Erika amb una expressió simpàtica a la seva cara rodona.

"Ho vaig fer", va reconèixer la Samira. "Crec que ets maca. Potser fins i tot et diré sexy. Mai he estat amb una dona abans, però el meu marit vol que explori alguna cosa nova".

"Això és perfecte. M'encanten les parelles. He estat amb unes quantes, i m'han dit que sóc molt bona".

La Samira va respirar profundament davant l'experiència de la noia. "Sembles..."

"Innocent?" Va preguntar l'Erika en toc, acabant la frase de la Samira.

"Sí. Sembles un àngel, de veritat."

"Samira, fins i tot els àngels tenen el seu plaer".

"Parlant d'això", va dir Michael. "Tinc una petició. Erika, t'hem comprat pel nostre plaer. Però això és avorrit. Massa previsible. En canvi, Erika, t'estic donant control complet sobre nosaltres; el meu dona especialment. Vull que la meva dona recordi això. Pots fer-ho, Erika?"

La Samira va boquejar davant l'anunci, i l'Erika va tenir la reacció contrària, fent un somriure diabòlic.

"Tots dos esteu de sort", va respondre l'Erika amb una lleugera alegria. "Perquè has comprat la noia adequada per a la feina. Sempre estic pensant en maneres de ser entremaliada amb gent sofisticada. Estic segur que podem trobar alguna cosa".

"Alguna cosa en ment?" va preguntar.

L'Erika es va girar cap a la Samira i va reflexionar. "Hmm... a veure. Una dona tan elegant i tan elegant. Puc dir que estàs dubtant de ser aquí. Però ho puc arreglar."

L'únic que podia fer la Samira era quedar-se quieta i esperar, mentre aquesta jove sotmesa continuava mirant-la i pensant en tota mena de pensaments desviats sobre el que estarien fent tots en uns moments.

"Ja ho sé", va dir finalment l'Erika, amb els ulls il·luminats. "Vull que portis el meu coll mentre agafo la corretja. Al costat de la finestra."

La inversió de gir va arribar tan sobtada que la Samira no sabia com sentir-se. Va ser un xoc. Això no era el que ella havia acceptat inicialment. I que l'utilitzessin com a joc, sens dubte, no va ser la raó per la qual va venir aquí.

Ella va mirar al seu marit per demanar suport moral i no n'hi havia. Michael semblava totalment d'acord amb aquesta idea i la Samira va quedar superada en nombre.

"Vols degradar-me?" Va preguntar la Samira, amagant el malestar en la seva veu.

"No. Només vull veure't xuclar la polla."

Samira va fer tot el possible per mantenir la dignitat. "I això per què?"

"És la meva cosa preferida del món", va respondre l'Erika amb una lleugera brillantor als ulls. " A més, tens una cara bonica. Té un aspecte exòtic. M'encanta el color fosc de la teva pell. Tinc ganes de veure com et semblaria fent una mamada submisa".

"Però la gent de fora podria veure'm".

"Encara millor", va assentir l'Erika. "No hi ha dubte que et veuran. Farà les coses més divertides, creu-me".

Mentre la Samira es va quedar bocabadada, en Michael va aixecar el coll.

"Hauriem de?" va preguntar.

"Pensant-ho bé..." va afegir l'Erika, canviant de parer. "Tinc una idea millor. Utilitza això en lloc d'això."

La noia submisa va estirar la mà enrere i es va desenganxar el sostenidor d'encaix, deixant al descobert les seves petites pits alegres i els mugrons de color rosa en la seva totalitat. Va pessigar el sostenidor per un extrem i el va fer girar. Hi havia una mirada de plaer a la seva cara bonica.

"M'agrada com penses", va somriure en Michael.

"Una mica de creativitat és molt útil. Puc fer els honors?"

El marit va assentir. "Tu podries."

La Samira es va quedar quieta mentre l'Erika s'acostava amb el sostenidor a la mà. El cabell fosc i deliciós de la Samira es va raspallar cap enrere i va permetre a l'Erika que s'embolicava el sostenidor d'encaix al coll, creant un coll i una corretja improvisats amb la tela llisa.

"A la finestra", va dir l'Erika a l'orella de la Samira.

L'esposa va compilar mentre l'Erika feia un estiró suau però ferm. La Samira no sabia com sentir-se. Es va perdre el control. I a una dona jove de cara angelical, ni més ni menys. Quan la Samira es va quedar davant de la finestra, va veure els convidats que estaven fora socialitzant i els assistents nus servint un refrigeri.

"De genolls", va dir l'Erika, i després es va girar cap al marit. "Cock, si us plau".

La Samira es va posar de genolls i els seus sentits van augmentar. Era molt conscient de tot el que passava fora, juntament amb tots els gemecs de plaer al passadís i la sensació de la catifa contra els seus genolls.

Més important encara, va escoltar el so del seu marit que es treia les sabates i es desfer els pantalons de manera ordenada i senyorial (un tret que sempre havia trobat sexy). Malgrat la seva edat, Samira encara era nova al món de xuclar la polla. Va descobrir que li agradava. No va ser tan degradant com havia esperat en tots els seus anys virginals. Curiosament, fins i tot es va sentir empoderant de moltes maneres, ja que va aconseguir controlar l'orgasme de l'home que estimava.

Però fer-ho aquí? Davant de tants testimonis potencials? Amb la guia d'Erika?

El pensament la va espantar. No portava calces, però si ho tingués, s'haurien remullat.

Mentre s'agenollava al costat de la finestra, el seu marit sense fons es va posar davant d'ella. La seva polla estava a punt per xuclar. Per primera vegada, semblava que el marit de la Samira era més un complement que qualsevol altra cosa. Una polla perquè la faci servir. O una polla que l'únic propòsit era follar-li la boca.

Abans de començar l'acció, l'Erika va estirar el sostenidor/corretja per redreçar la postura de la Samira, després es va acostar per exposar els pits de la Samira empenyent la part superior del vestit cap avall.

"Tens uns mugrons foscos agradables", va dir l'Erika, mirant per sobre del pit nu de la dona. "Ja estan rígides. Deu estar emocionat. Tampoc no hi ha línies bronzejades. El teu color de pell natural és radiant. Ets molt bonica, Samira. Mai abans havia jugat amb una dona de l'Orient Mitjà. Tot i que sempre ha estat una fantasia. ."

La Samira no es va molestar a respondre amb el sostenidor prim embolicat al voltant de la seva gola. Si hagués pogut, només hauria dit "gràcies".

Es va quedar quieta mentre l'Erika s'aproximava per fregar cada pit i va ajustar cadascun dels seus mugrons foscos, enviant un calfred per l'espina dorsal de la Samira mentre l'utilitzaven com un joc.

"Comença a xuclar ara", va dir l'Erika bruscament. "Un gall tan dur mai s'ha de fer esperar".

Michael va fer el primer moviment, fent un pas endavant de manera que la seva erecció quedés a pocs centímetres de la cara de la Samira. Normalment, li encantava fer contacte visual amb el seu marit. Sempre va crear una sensació d'intimitat entre ells.

Aquesta vegada, no va poder mirar a ningú. Va mantenir els ulls tancats, es va inclinar cap endavant i va xuclar l'erecció del seu marit, tal com li agradava. Els seus llavis es van embolicar amb força i va fer tot el possible per moure el cap cap endavant i cap enrere, fins i tot amb el sostenidor d'encaix embolicat al coll.

Podia sentir la polla rígida a la seva boca. Significava que estava fent totes les coses correctes i que al seu marit li encantava aquesta experiència. També podia escoltar el so eròtic de l'Erika respirant més fort mentre la vigilava.

Quin espectacle aquest devia ser per al subordinat. I quin espectacle per als convidats de fora. Déu, algú d'ells havia estat mirant? O algú més al passadís?

"Porteu-lo fins al final", va dir l'Erika amb un toc d'autoritat. "Vull veure't a la gola profunda. En la meva humil opinió, una bona mamada està incompleta sense un gag o dos."

Gola profunda. Ara hi ha alguna cosa que la Samira havia tingut cura d'evitar. Havia vist aquell acte en la pornografia i sempre l'havia trobat desagradable i sense classe. En ser una dona digna, ho va evitar a tota costa i va apreciar el fet que el seu marit mai hagués demanat una cosa tan bruta.

En aquesta circumstància, amb una corretja improvisada al voltant de la gola, es va sentir obligada a complir l'ordre. Va tancar els ulls, perquè les llàgrimes no sortissin. I esperava que no fes cap soroll humiliant.

El seu cap va avançar lentament, agafant més de la polla del seu marit a la boca i a la gola. Va sentir com la polla es sacsejava a la llengua, colpejant-li la part superior de la gola. Al seu marit li va encantar. Quina traïció. El va agafar encara més fins que va arribar a l'entrada de la seva gola. Curiosament, se sentia orgullosa d'ella mateixa per haver-ho fet fins al final. Un nou èxit sexual.

El seu orgull es va estavellar quan va passar l'inevitable; ella va amordaçar. Va ser descuidat i desagradable. Se li ploraven els ulls i la saliva degotejava per tot el seu car vestit blanc. Va fer un soroll repugnant i es va sentir avergonyida per això.

"Ja n'hi ha prou", va dir l'Erika amb misericòrdia. "Ara vull veure't fotut. Aixeca't i pressiona la teva cara contra la finestra. No et preocupis, el vidre està fet per suportar el pes corporal d'una dona".

L'Erika va estirar lleugerament del sostenidor/corretja, fent senyals a la Samira que s'aixequés i s'enfrontés a la finestra. La Samira va complir i va veure que alguns dels convidats havien vist l'acció de la mamada mentre beien xampany fora. L'Erika li va treure el sostenidor/corretja del coll i el va llançar a terra.

La Samira va estendre les cames quan el seu marit li va empènyer les galtes del cul i l'interior de les cuixes. Va pressionar la cara sobre el vidre especialment instal·lat, recolzant-hi el pes corporal, i va sentir que el seu marit estenia més el cul per accedir al seu cony per darrere. Estava familiaritzada amb aquesta posició i va arquejar l'esquena per aixecar el cul.

"Mira'm", va dir l'Erika amb una educació seductora. "Vull veure els teus ulls i la teva cara mentre t'estàs penetrant. És una expressió poderosa".

La cara de la Samira ja estava cap a l'Erika. Els seus ulls es van tancar. Cap dels dos va mirar cap a un altre costat, mentre el cony de la Samira estava sent estirat per la polla dura. La seva boca va deixar escapar una bocanada i els seus ulls es van eixamplar.

El seu marit se'n va anar a la feina fotent-la per darrere. El seu cos es va balancejar i les seves pits es balancejaven, amb els mugrons foscos tan durs com sempre. Certament, més convidats de la casa pairal estaven veient aquest espectacle exhibicionista descarat. Però la Samira no es va atrevir a mirar. Era molt més atractiu mantenir el contacte visual amb aquest preuat sotmès que controlava l'escena.

L'Erika va arribar a tocar el cony de la Samira. "Joder, estàs molt mullat".

"Ja ho sé", va gemegar la Samira, mentre el seu cony estava sent colpejat i el seu cos es balancejava cap endavant i cap enrere.

Va ser una sobrecàrrega sensorial ja que el cos de la Samira també estava sent acariciat per l'Erika; amb una petita mà blanca que li frega el cony i després s'aixeca per estrènyer els seus pits. La Samira gemega cada vegada que la tocaven i l'apretaven. Aquelles mans suaus la feien sentir tan bé. I el seu cony en ser violat se sentia encara millor.

Els gemecs es van fer més forts quan l'Erika va concentrar els dits en el cony de la Samira. Va fer que els ulls de la Samira s'ampliessin i la seva respiració es fes més difícil.

"He trobat el teu punt dolç", va dir l'Erika amb una veu emocionada. "Una polla follant-te el cony i els meus dits jugant amb el teu cony, tot mentre la gent mira des de fora. Potser no ets tan correcte com sembla? Potser, en el fons, només ets una joguina entremaliada com la resta de nosaltres. T'agrada sentir això, Samira? T'agrada descobrir que ets una dona tan bruta?"

La veu del subordinat havia baixat i estava plena de luxúria.

va xiuxiuejar la Samira. "Sí..."

"Cum ara. Vull veure-ho."

És això el que se sent al cel? La Samira es va preguntar mentre el seu marit dominava el seu cony i l'Erika li fregava el clítoris amb un moviment ràpid i circular. Va tancar els ulls i ho va gaudir. La societat sigui maleïda. Això era eufòria.

La Samira va murmurar alguna cosa inaudible mentre els líquids correien per les seves cames i al terra. El seu semen també estava fent un embolic a la polla del seu marit i als dits ocupats de l'Erika, que es van mantenir implacables durant l'intens orgasme. Ella va tancar la mandíbula i la seva part inferior del cos es va endurir mentre ejaculava.

"Jo també vaig a correr-me", va gemegar Michael.

"Inunda el seu cony", va dir l'Erika. "M'encarregaré de la neteja".

La Samira va sentir que el seu marit li apretava els malucs amb força i la colpejava amb més força. Aquest va ser el seu senyal d'un orgasme imminent. Uns sorolls rítmics de bufetades omplien l'habitació mentre ell xocava poderosament contra el seu fons. El seu cony se sentia feliç.

El seu marit va gemegar i va entrar dins d'ella. Va ser una sensació que Samira sempre havia estimat, la sensació de semen omplint el seu forat. Quan en Michael va fer el gemec final, l'Erika va allunyar els dits i va caure de genolls.

"Joder, sí", va riure l'Erika, donant copes a les pilotes d'en Michael. "Ara, si em disculpeu, prefereixo netejar de seguida... mentre les coses encara estiguin càlides i fresques".

La Samira no es va moure. Ella va sentir que la polla del seu marit se li sortia. El buit del seu forat buit i buit de semen va ser substituït per la llengua de l'Erika. La sorpresa de la seva vida. La seva primera experiència lesbiana real.

Va tancar els ulls i va gemegar mentre la llengua talentosa llepava, sondava i beviava el seu cony ple de semen. Tot es va engolir i empassar. Va assaborir la sensació de la llengua femenina que entrava més profundament, seguida de la bonica boca de l'Erika devorant els sucs.

Quan la boca es va apartar, la Samira va girar el cap i va veure que l'Erika xuclava la polla del seu marit. Va ser una bogeria. Això no s'havia acordat i ella va sentir una punxada de gelosia. Però ella ho havia d'admirar.

Els llavis deliciosos de l'Erika estaven embolcallats amb força al voltant de la polla empapada de semen i el seu cap es va moure ràpidament, agafant-lo profundament sense cap indici de reflex de nausea. Era bonic. Agraciat. Els llavis de l'Erika de tant en tant giraven al voltant del cap d'en Michael abans que tornés a embolicar els seus llavis al voltant de l'eix per xuclar amb força. Era com se suposava que havia de semblar una veritable xucla de polla .

La boca de l'Erika va anar i venir, xuclant la polla d'en Michael i llepant el cony de la Samira.

"Com et sents?" Va preguntar en Michael a la seva dona.

La Samira va assaborir la sensació de la llengua dins del seu forat. Va romandre inclinada amb els braços recolzats a la finestra. Més convidats estaven mirant casualment aquesta trobada desviada, i qui sap qui més havia mirat al passadís. Ella ja no li importava. De fet, va ser un encès increïble.

"Com una dona nova", va ser tot el que va poder dir la Samira.

Quan el seu cony es va netejar, la Samira es va girar cap a cara al seu marit i per donar les gràcies a l'Erika. Havia suposat que aquesta trobada profana havia acabat. Però quan els va enfrontar, va veure l'Erika dempeus una vegada més. Estaven a pocs centímetres de distància.

La Samira no va poder evitar notar aquells llavis deliciosos i plens que tenia l'Erika. Llavis fets per besar i xuclar. Aquesta vegada, però, els llavis plens de l'Erika brillaven amb sucs de cony frescos i recoberts de semen calent.

L'Erika es va llepar els llavis amb excitació, parant-se davant de la Samira mentre miraven. Era obvi el que volia aquesta noia. Per què negar-ho?

Es van besar. La Samira va pressionar els seus llavis contra els de l'Erika i se'ls va obrir la boca. Les seves llengües van lluitar i van compartir fluids orgàsmics entre ells en l'intercanvi apassionat. Els seus braços s'envoltaven els uns als altres i els seus pits i mugrons durs pressionats junts.

El semen fresc es va intercanviar a la boca i es va rodar sobre les seves llengües. Lentament, la culpa dins de la Samira semblava oblidada des de fa temps. Ningú ho sabria mai. Aquest era un secret que sempre romandria dins de la mansió de servitud.

CLUB BDSM

58

Feia plena llum del dia a Park Avenue, la zona més atractiva i impressionant de la ciutat de Nova York. Com la majoria dels dies a la gran ciutat, la classe treballadora anava i venia de les seves oficines, els rics gaudien d'un bon menjar i els turistes passejaven pels barris mentre feien fotos.

A part de les normes del barri ocupat, l'Erika es trobava nua en una habitació àrid del pis 38 d'un edifici d'apartaments de luxe. Es va col·locar davant d'una finestra, que estava coberta per una fina cortina blanca per a la privadesa.

Tenia les mans ben lligades per sobre del seu cap, lligades a una corda negra que penjava d'un ganxo al sostre.

Una màscara negra adornada amagava la part superior de la seva cara, però destacava el seu nas i la barbeta prominents. Va permetre mostrar la bellesa del seu rostre, mentre ocultava la seva identitat. Els seus llargs cabells foscos baixaven lliurement per l'esquena, i els seus llavis s'accentuaven amb un pintallavis vermell robí.

Unes mitges negres de seda amb una costura al llarg de l'esquena cobrien les seves cames ben formades. Li van fer semblar encara més llargs les seves extremitats increïblement llargues. Els talons negres completaven el seu escàs vestit. El seu cos estava en plena exhibició, en tota la seva glòria nua.

Ningú negaria que era encantadora. Una rara combinació de força i feminitat, va atraure homes i dones per igual. Tot i que esvelta però curvilínica en els llocs adequats, va projectar una imatge que el seu cos estava construït per a les putes dures . Als 28 anys, l'Erika s'havia adonat que li agradava molt ser utilitzada sexualment per altres, i això era exactament el que esperava avui.

Ni tan sols els seus amics més propers sabien del secret depravat que guardava. El seu desig de submissió i el seu desig de ser utilitzats per al plaer dels altres poden ser difícils d'entendre.

Finalment, va deixar que els professionals prenguessin el control en aquest lloc secret de congregació. Era un entorn elegant on persones afins d'una classe determinada podien satisfer els seus desitjos molt entremaliats. Les màscares eren discrecionals. Però per a l'Erika, era una necessitat absoluta; ningú podia saber que ella es deixava tractar d'una manera tan escandalosa. Era una advocada de gran poder per l'amor de Déu.

Les regles eren senzilles. El secret era sacrosant. La neteja era innegociable. El respecte era necessari. Era un afer exclusiu i tothom anava vestit en conseqüència.

Mentre l'Erika s'estava allà lligada i emmascarada, va veure com la subhastadora es posava al seu costat. El subhastador portava un vestit revelador, escot i tot, juntament amb una màscara d'or per ocultar la seva identitat. Era una dona alta amb una aura dominant, cosa que la feia perfecta per a la feina.

En un estrany gir dels esdeveniments, l'Erika s'havia unit a aquestes reunions tabú a petició del Subhastador, que increïblement també era una advocada anomenada Lea. S'havien oposat advocats durant un llarg judici. Quan el cas va acabar, la Lea va demanar una copa a l'Erika.

"Ja saps alguna cosa", li havia dit a l'Erika en una taula privada, mentre tots dos s'enfonsaven, maltractats i esgotats després de l'extenuant cas. "Les dones com nosaltres som una raça rara. Treballem el cul. Som intel·ligents. Sofisticades. Dedicades. I a tots dos ens agrada que ens fotin d'una determinada manera. Podria dir quina mena de dona ets la primera vegada que et veig. ."

L'Erika gairebé va escopir la seva beguda. Realment emetia algun tipus d'ambient sexual? Com va poder deduir aquesta dona que a l'Erika li agradaven les coses brutes?

Durant la major part de la vida adulta de l'Erika, el sexe havia estat vainilla. Es requeria la rutina habitual per aconseguir orgasmes de l'estàndard mínim. No obstant això, els darrers anys, havia fet algunes peticions entremaliades als seus socis per condimentar les coses. Puta dura. Sufocació lleugera. Alguns cops. Però el més important, havia demanat que la tractessin com un joc sexual, a diferència d'una parella romàntica. Només quan es van complir aquestes condicions, l'Erika va poder aconseguir orgasmes devastadors.

Un dels seus exnòvis havia fet difusió dels seus desitjos desviats? O la Lea era una experta extraordinària? Es va preguntar l'Erika mentre mirava, amb una mirada de cérvol als fars.

"Pertanc a un club, d'alguna manera. És per a homes i dones als quals els agrada superar els límits del sexe no convencional. Penseu-hi. És una xarxa molt exclusiva i podríem utilitzar nous membres com vosaltres. No us preocupeu, ningú no ho farà. mai se sap. Hi ha un contracte formal que inclou una clàusula de confidencialitat. Tots estem obligats a mantenir el secret amb renúncies i acords. Molts membres són advocats. Si encara no tens dubtes sobre la privadesa, podem oferir-te una màscara personalitzada de Venècia. Algunes de les nostres estimades membres femenines les porten. Els posa a gust mentre exploren les parts més fosques de la seva sexualitat".

L'Erika es va quedar bocabadada i les seves galtes es van tornar vermelles brillants. La Lea havia vist aquesta mirada abans, moltes vegades. Imperfectable, va avançar i va difondre informació que va fer mullar les calces de l'Erika a l'instant.

Després d'un diàleg dissenyat per calmar la sobtada hiperventilació de l'Erika, la Lea va continuar amb el seu discurs. "Coses pervertides. Cordes. Futs. Configuració del grup. Domini. Submissió".

"Com el BDSM?" va preguntar l'Erika.

La Lea va somriure. "És un club BDSM. De fet, participo d'una manera molt singular. Com t'agradaria que et venguessin? Si hi estàs d'acord, m'asseguraré que vagis al postor més emocionant".

La seva conversa secreta va continuar fins que la Lea va empènyer una targeta amb un número de telèfon a l'Erika. Amb això es va aixecar, va pagar la factura, va somriure a l'Erika, es va girar i va marxar. Estava segura que arribaria una trucada. Aquella fatídica reunió havia estat l'inici de la beneïda emancipació sexual de l'Erika.

Després de diversos dies d'intensa deliberació, va fer la trucada, pensant que no tenia res a perdre. Al cap i a la fi, va pensar l'Erika, a qui ho diria la Lea? Ambdues eren dones de carrera i tenien molt a perdre pel que fa a la seva reputació i clients potencials.

En aquell moment, van començar les seves lliçons; cul, cony, boca. Va ser disciplinada en totes les arts. El seu cos va ser entrenat per mantenir posicions eròtiques durant llargs períodes de temps. Es van trobar tots els seus punts de plaer; determinats punts forts i febles. No va passar gaire fins que la Lea va classificar l'Erika com una dimonia de l'esclavitud i una puta del dolor. Aquest va ser el diagnòstic adequat per a aquest submarinista sense experiència.

Per descomptat, la Lea havia gaudit molt del seu paper de mentor sexual de l'Erika. Després d'haver estat responsable del règim d'entrenament, l'Erika estava especialment versada en donar plaer exactament a les especificacions de la Lea. Havien passat moltes nits agradables amb la cara de l'Erika plantada al cony i al cul del seu entrenador carnal. Al final d'una jornada rigorosa a la cort, la reunió per a les activitats il·lícites va ser un plaer benvingut. El seu entusiasme i ètica de treball compartits els van fer especialment aptes per donar i rebre en els seus respectius rols.

Això era aleshores.

Ara, els convidats van prendre els seus seients a la sala. Devia haver-hi com a mínim 15 persones presents, que semblava ser l'estàndard. L'Erika no va poder fer un recompte exacte ja que estava tancada de cara a la paret frontal. Des del passadís, va sentir que més gent es mollava per la resta de l'apartament (almenys 15 més).

Era cert el que diuen sobre els altres sentits que s'accentuen quan un es veu obstaculitzat. Els sons de passos i de gent que s'instal·laven a les cadires entapissades de respatller alt eren clars. Aviat va sentir xiuxiueigs tranquils sobre la seva bellesa. Finalment, les converses es van convertir en maneres en què els convidats imaginaven utilitzar-la per a la seva gratificació.

La potent combinació d'estar lligat i no saber què passaria va fer que el cony de l'Erika s'humectés d'espera. Els sucs s'acumulen a la part superior de les cuixes ja que no tenia pèl púbic per mantenir-lo al seu espai íntim.

El subhastador va colpejar un martell al podi. "Senyores i senyors, abans de començar, m'agradaria personalment donar- vos les gràcies a tots per haver vingut. Avui tenim una línia meravellosa d'homes i dones. Estem segurs que gaudireu dels plaers que tenim preparats".

Va prescindir dels tràmits habituals quan va començar l'acte. Les seves paraules van ser professionals i pronunciades amb l'assertivitat que requereix un bon advocat. Tanmateix, també hi havia una qualitat seductora i lúdica en el seu lliurament. El reduït públic va aplaudir quan es van iniciar oficialment els tràmits.

El subhastador va continuar: "Primer comencem amb l'Erika, aquesta bellesa impressionant al meu costat. Oficialment, és una professional que treballa, molt respectada en el seu camp. Extraoficialment, davant de tots vosaltres, s'utilitzarà com a joguina de merda d'algú".

L'Erika no va poder contenir la seva emoció i l'espasme involuntari del seu cony.

"Sé que aquí moltes tenen un fetitxe per a les dones treballadores. Creieu-me quan us dic que l'Erika té un cervell que paral·lela al seu increïble físic. A quina de vosaltres li agradaria tenir-la? Qui vol que aquesta dona altament educada se sotmeti al vostre capritxos sexuals?"

Tot i que l'Erika no va poder mirar, va sentir murmures d'aprovació. El subhastador, però, va notar els assentaments, la llepada de llavis i l'agudització de les mirades. La luxúria estava a l'aire i l'Erika tenia la gana de tothom.

"Primer, començarem amb una mostra de les seves cames".

La subhastadora va sortir del podi amb una pala de cuir a la mà mentre s'acostava a l'Erika. Llavors va fregar la punta de la paleta al llarg de les mitges negres de l'Erika. L'Erika va fer tot el possible per romandre quieta, malgrat la seva pròpia emoció.

"Aquestes cames són llargues i impecables", va dir el subhastador. "Sense talons, fa 5'8". És corredora i ha completat bastants maratons amb finalitats benèfiques. Només penseu en el bé que se sentiria passar els dits, els llavis, els conys o les polles per aquestes cames".

L'Erika es va humit mentre la paleta es va moure cap amunt i va ser colpejada contra el seu cul.

"Sé que a molts de vosaltres us agrada donar una bona copa a un cul madur. El cul de l'Erika és perfectament rodó i exuberant; la seva pell tendra pot suportar llargs atacs de rem. Permeteu-me que demostri la demostració " .

La paleta va ser pressionada contra la galta esquerra de l'Erika i després va ser retirada pel subhastador. Va sonar un tronador aplaudiment quan es tornava a fer contacte entre la paleta i el seu cul. Va ressonar fort a l'habitació i va fer que l'Erika s'inmovilitzi, malgrat els seus millors esforços per romandre quieta.

Es va donar un altre cop. Després un altre. I un altre. Cada cop era més dur que l'anterior. Ambdues galtes van rebre la sensació abrasadora associada a les cops de pal, en igual mesura.

Quan s'acabava de pegar, la pell blanca s'havia envermellit i irradiava calor.

"Senyores i senyors, això és només un teaser", va somriure el subhastador darrere de la seva pròpia màscara. "Ara pel seu anus".

Les putes de cul eren una cosa a què l'Erika només s'havia acostumat des que es va unir a aquest grup secret de BDSM. Encara que era alta i semblava fortament constituïda, el seu anus era delicat i petit. Només els experts assistents podien introduir polles grans al seu forat prohibit. Calia control i paciència.

Unes mans suaus i femenines van tocar el cul de l'Erika i van forçar les seves galtes a separar-se, exposant el seu petit forat marró al grup. Es va sentir completament exposada i vulnerable mentre l'aire fluïa pel seu anus. Curiosament, també podia sentir els ulls afamats de l'habitació mirant-la, en tota la seva esplendor.

"Com tots podeu veure, el seu forat amb prou feines hi és, petit i demanant ser estirat. La polla de la sort d'algú podria trobar el nirvana allà avui".

Per a la part agosarada de la presentació, el subhastador va posar la paleta avall i va agafar l'Erika pels malucs, donant-li la volta perquè s'enfrontés al petit públic.

L'Erika va veure la multitud a través de la seva màscara. Era el grup típic; una divisió uniforme d'homes i dones. Tots anaven ben vestits d'una manera casual i elegant. Les seves cares tenien la mateixa mirada de desig que esperaven sortir d'una manera especial. La visió dels pits i el cony de l'Erika va semblar hipnotitzar els assistents quan es va veure.

Els mugrons de l'Erika es van tornar durs.

El subhastador va tornar a agafar la paleta i la va pressionar fermament als llavis de l'Erika, que per cert també va pressionar el clítoris.

"Sincerament, puc dir que he tingut el plaer de tastar el que hi ha entre aquestes cames. Senyores i cavallers , tant si us voleu follar el cony com si us el voleu menjar, us donaran un autèntic plaer".

L'Erika va sentir la paleta moure's cap als seus pits rodons, donant voltes als seus mugrons marró clar. La paleta va colpejar suaument la part inferior de cada pit, fent que els seus pits moguessin davant de la multitud adoradora.

"I només mira aquestes pits", va dir el subhastador encantat. "Algú de vosaltres pot creure que són reals? I són molt reals, us ho puc assegurar".

L'Erika va gemegar quan el subhastador es va inclinar per prémer la seva pit esquerra i mossegar suaument el mugró. El subhastador va xuclar el mugró abans de deixar-lo anar.

Finalment, la paleta es va moure fins als llavis de l'Erika.

"Per últim, però no menys important, la seva boca. Perfecte per besar. Perfecte per xuclar. Perfecte per netejar. He esmentat que li encanta menjar semen? Tant homes com dones " .

Més asentiments d'aprovació van venir de la multitud.

"Per acabar, aquesta és una puta del dolor", va resumir el subhastador. "Té una gran tolerància i desitja el millor de tu".

L'Erika immediatament va prendre nota de la reacció de l'audiència, que va anar des de bofetes fins a somriures.

El subhastador es va posar darrere del podi una vegada més i va presentar ofertes. Qui proposés els actes sexuals més perversos, fets de la manera més provocativa (però raonable) guanyaria l'oferta. Les ofertes van arribar, cadascuna més atractiva que l'anterior.

Finalment, l'Erika va sentir les paraules màgiques que van fer cridar l'atenció tot el seu cos. Els seus mugrons es van tensar i el seu cony va començar a tremolar amb ganes.

"Vengut!" va dir en veu alta el subhastador, colpejant el martell contra el podi. "Tenim un empat. Als convidats #3 i #7. Ara podeu recollir el vostre premi per repartir-lo entre tots dos".

Els guanyadors havien deixat clares les seves intencions prèviament:

L'home número 3 no portava màscara. L'Erika el va reconèixer des de la secció de societat del diari. Aquest conegut filantrop s'havia compromès a domar el cul de l'Erika amb una bona palla. Es va prometre precisió; la seva eina escollida era un feixó de cuir. Llavors seria el propietari del seu cul amb la seva enorme polla. Es van assegurar que era un expert en el cul i la domesticació de dones enèrgiques.

La dona número 7 tenia una pell rica i fosca. Seria la primera experiència de l'Erika amb una dona negra. Els seus llavis plens i deliciosos semblaven que els agradava donar i rebre entreteniment eròtic. També estava sense màscara. Una experta ben considerada en el joc dels pits, coneixia tots els consells i trucs de la tortura dels mugrons. Mitjançant la combinació adequada de pessigar i torçar, podia administrar estímuls que donaven un patiment dolç, sense deixar danys duradors. I com a lesbiana, sabia la millor manera de menjar-se un bon cony.

L'Erika mai abans havia compartit plaer sexual amb una dona negra, i la idea la va emocionar molt.

Aquests dos Dominants van ser seleccionats pel Subhastador pel seu potencial de col·laboració. Si bé l'Erika estava empatada en aquesta posició precària, ambdues proporcionarien el substitut alhora; un al davant i un al darrere. Donaria al petit públic un espectacle memorable.

Tot el cos de l'Erika va tremolar quan els guanyadors s'acostaven a la part davantera de la sala. Abans s'havia utilitzat davant d'un petit grup; l'exhibicionisme només va augmentar el seu eventual alliberament. Aquesta era la primera vegada que la feien servir dues persones, que treballarien en concert en diferents costats del seu cos. Era el seu brut somni fet realitat.

La dona negra va ser la primera a fer contacte, fregant els seus dits foscos per la pell blanca lletosa de l'Erika. L'Erika va mirar cap avall i es va despertar pel contrast de color, sobretot quan els dits es fregaven per cada mugró marró clar.

"Et sents tens", va dir la dona número 7. "La primera vegada amb una dona negra? M'agrada ser la primera. És un honor ser la teva primera Domme negra . No et preocupis, nena, ho gaudiràs".

L'Erika no va respondre. Ella mai ho va fer. Amagar la seva veu era part de mantenir l'anonimat. Simplement va mirar aquesta poderosa dona a través de la seva màscara, esperant que no la reneguessin.

Els seus ulls es van fixar intensament, i per un moment, l'Erika es va preguntar si aquesta dona negra dominant l'havia reneguda des d'algun lloc. Un anunci públic dels seus serveis legals, potser?

Quan l'home número 3 va agafar un fuet de cuir, l'Erika va centrar la seva atenció en ell. Va fer moviments de pràctica que semblaven coreografiats. Estava ben segura que ell era l'expert que deia ser. L'aspecte de plaer malvat al seu rostre va fer que l'Erika cregués que la flagel·lació faria mal. Amb les mans lligades per sobre del cap, el cos de l'Erika era completament vulnerable.

"He tingut els ulls posats en tu", va dir l'home número 3. "Des que et vaig veure fa setmanes, he volgut fer-te servir de la manera més bruta. A veure si el teu cul ha valgut la pena esperar. Primer et faré girar de costat perquè tothom pugui veure'm copejar i saquejar. el teu dolç ximple."

L'Erika es va deixar girar, de manera que els tres participants quedessin alineats en fila. Quan els ulls de l'Erika es van centrar en la bella dona que tenia davant, va sentir suaus bufetades de la flagel·lació contra el seu cul. Quan les bufetades es van fer més contundents, la dona que tenia davant va somriure encantada per la disciplina diabòlica.

Aviat, la flagel·la va esclatar amb força contra el seu cul, fent que el cos de l'Erika s'enduris i es sacsegués per la felicitat ardent que va deixar al seu pas. L'Erika va gemegar i va fer grunyits staccato, que va intentar reprimir.

La dona número 7 va inserir dos dels seus dits foscos als recessos de la boca de l'Erika, com si pogués provar el seu reflex nauseós. "Fes molt mal? T'agrada aquest tipus de dolor, sub?"

L'Erika només va assentir amb el cap mentre encara l'estaven colpejant el cul.

"Bona noia. Tinc el que cal per a aquests deliciosos mugrons teus. Tan bon punt et prengui el cul".

La multitud va mirar amb reverència mentre l'home seguia colpejant el cul de l'Erika i la dona negra es va inclinar cap endavant per besar-li la boca. Els llavis plens i gruixuts eren una delícia per a l'Erika. Era tot el que havia de ser un bon petó, sobretot quan les seves llengües ballaven juntes. La flageladora va trencar el cul de l'Erika amb dolor i va gemegar desesperadament a la boca de la dona negra. Quan l'Erika va obrir els ulls amb aprensió, va poder veure la dona mirant enrere, avaluant la seva reacció.

L'Erika estava segura que a la dona li agradava besar algú que gemegava d'agonia per una forta flagel·lació. La dona semblava estar cada cop més excitada per les doloroses vocalitzacions de l'Erika. Darrere d'ella, va sentir com l'home murmurava de satisfacció mentre continuava enrogint-li el cul. Estava segura que ell ja tenia una gran dificultat.

Entre els dos éssers amb càrrega sexual, l'Erika es va sentir com un conducte per a l'energia eròtica desviada. L'efecte sobre ella va ser enorme. A més de l' extasi aclaparador que va collir pel dolor, saber que els dos Dominants s'estaven fent això la va fer sentir summament submisa.

La flagel·lació es va aturar, cosa que només podia significar una cosa. Tot i que els seus llavis encara estaven tancats en un petó luxós, va sentir el so d' una ampolla que s'obre i s'esprem el lubricant. L'home li va donar una poderosa bufetada al cul amb la mà nua, fent que tot el cos de l'Erika s'enfonsi. Va marcar agressivament el seu territori abans que comencés la merda.

Llavors l'Erika va sentir la sensació familiar de les seves galtes separades, deixant així el seu cul al descobert. Immediatament, la sensació d'una polla dura i coberta de lubricant es va sentir pel seu pucker marró mentre s'alineava per a la penetració.

"M'agrada follar una dona pel cul d'aquesta manera", va dir l'home número 3, acaronant les costelles de l'Erika, començant per la seva cintura i pujant, cap als seus braços subjectats. "És com si fossis un tros de carn bonic i fotut. Ho faré agradable i aspre, tal com t'agrada."

La seva veu forta i tranquil·litzadora va fer que l'Erika s'estimulava encara més mentre es va aixecar i va empènyer el cap de la seva polla lubricada al seu petit i ben entrenat culo. L'Erika va intentar separar-se del petó, però la dona li va agafar els costats del cap i no li va deixar anar.

Quan la polla es va introduir expertament a la petita obertura del seu cul, l'Erika va respirar fortament pel nas. Els seus ulls es van eixamplar mentre esperava el dolor abrasador que esperava. Va arribar prou aviat, i l'Erika va cridar com a resposta.

L'Erika estava enganxada entre l'adherència que tenia als seus malucs i les urpes de la dona negra la llengua de la qual continuava escorxant-li la boca; no tenia més remei que agafar l'avanç al cul sense moure's per la comoditat. No hi va haver cap pausa. L'home coneixia molt bé els angles i els punts de trencament. Va entrar fins que les seves pilotes van descansar contra el seu cul. La ferocitat del seu assalt va ser una dolça tortura. No hi havia dubte que el seu cul acabava de ser propietat.

Els ulls de l'Erika es van eixamplar mentre respirava profundament. En lloc de gemegar, va boquejar com si tingués gana d'aire. La negra semblava encantada amb aquest atac anal.

"El meu torn", va dir la dona número 7. "Bebé, els pits blancs com el teu són els meus preferits. Es veuen tan lletosos i cremosos contra les meves mans. Demanen fer-se mal, i aquesta és la meva especialitat ".

L'Erika va mirar cap avall i va acceptar; els dits de banús de la dona núm. 7 van aportar un gran contrast amb els seus propis pits blancs de lliri . Al principi, el tacte era suau i amorós. Aleshores, la dona negra va implementar la seva famosa rutina de tortura de mugrons i va tornar la llengua per omplir la boca fluixa de l'Erika.

Aquells dits de xocolata van estrènyer la part inferior dels pits de vainilla de l'Erika i després els van amassar com una massa crua. Va fer mal, però no era res en comparació amb el dolor del seu petit cul que l'home l'havia follat tan brutalment. Aleshores, els dits foscos van pessigar cadascun dels mugrons marrons de l'Erika. Ara això, era més comparable al dolor agut al cul. Dos dels seus llocs de plaer estaven sent violats. Va agrair que ningú li torturés el cony al mateix temps.

La dona va procedir a torçar els sensibles nuclis tan fort que la cara de l'Erika va fer una ganyota d'exquisida misèria. Per un moment, gairebé va oblidar que el seu culo estava sent salvatge. Gairebé... El so de les cuixes de l'home colpejant el seu cul va tornar a centrar la seva atenció cap al seu darrere. L'Erika va arribar al que pensava que era el seu límit de dolor. Va trencar el petó apassionat, va tirar el cap enrere i va udolar.

"Sé que fa mal", va xiuxiuejar la dona negra mentre apretava una mica més. "Però està a punt de sentir-se tan, tan bé".

Durant tota la seva vida, l'Erika no podia entendre com el dolor als mugrons podia sentir-se bé. Però quan els seus mugrons es van alliberar, la dona negra es va ajupir i va xuclar amb amor cadascuna de les pits de l' Erika , enviant una sensació salada per la seva columna vertebral.

Aquest plaer, combinat amb l'agressió alegre al seu cul sodomitzat, va portar a l'Erika al límit de la seva seny sexual. La llengua de la negra era tan tranquil·litzant com aquells llavis plens, i van treballar conjuntament per alleujar el dolor als mugrons.

Però el plaer dels seus pits no va durar gaire quan la negra es va treure la boca amb crueltat. Una vegada més, va retorçar aquells mugrons coberts de saliva, turmentant encara més l'Erika mentre el seu cul rebia una llaurada adequada.

"No ho faré tan agradable per a tu", va somriure la dona número 7. "Vull que tinguis equilibri. Un yin i un yang pervers. Ell agafa l'esquena i jo el davant. Només has de quedar-te allà i agafar-ho com un bon subordinat".

El número 3 va prendre nota d'això, va posar les mans a les espatlles de l'Erika per agafar-la i va anar realment a la ciutat amb el seu cul. Va apretar les dents i va fer xiscles, que la van avergonyir davant de l'adorant públic.

La polla gegant que es va empènyer dins i fora del seu petit forat la va fer tan inestable que amb prou feines podia suportar-se. Quan els genolls de l'Erika es van debilitar, va començar a col·lapsar-se, posant més pes als canells lligats. L'estirament i l'estirament de les seves espatlles amb prou feines van ser registrats pel seu cervell que lluitava per fer front a sensacions extremes en els plans oposats del seu cos.

"S'està trencant", va dir la dona número 7, llepant-se els llavis mentre continuava perseguint els mugrons de l'Erika. "És hora que l'acabem".

L'home número 3 es va mantenir implacable al culo de l'Erika, grunyint: "Vull que es corre quan em corre".

La instrucció al company dominant era clara. La dona negra va deixar anar els mugrons tendres, els va xuclar ràpidament per alleujar-se i després es va posar de genolls davant del cony estès de l'Erika.

Mentre el seu culo estava sent raptat per la gran polla i el seu cony estava sent llepat per una deessa, Erika es va veure superada per sensacions conflictives. El blitz sense parar al cul es va compensar amb la suau oferta del seu clítoris. De tant en tant, la dona negra utilitzava les seves dents per mossegar suaument el clítoris inflat de l'Erika, fent-la plorar de fervor. Però la dona negra ho va compensar després lentament i amorosament. Com a resultat, l'Erika va ser empès a la vora de l'orgasme repetidament, però la seva llibertat va ser denegada. Se sentia com un volcà que estava a punt d'esclatar.

Amb la negra de genolls, l'Erika va poder apreciar plenament la intensitat amb què el públic mirava el trio. Cada convidat d'aquest esdeveniment BDSM semblava completament embadalit per veure l'Erika sent conduïda a la vora d'una explosió sexual. Era propietat d'ella i, evidentment, la seva servitud sexual l'excitava. Darrere d'aquesta màscara, la seva identitat era segura. Es va permetre deixar anar i endinsar-se en el més desviat dels plaers.

Va trencar la seva pròpia regla de silenci, i finalment va plorar les paraules: "Oh Déu", mentre el seu cul era fotut ferotgement i el seu cony se li menjava amb experiència.

Les seves paraules només van afegir combustible al foc, fent que l'home número 3 apretés les seves espatlles amb tanta força que segurament quedarien contusions. Per molt difícil de creure, l'Erika es va adonar que s'havia retingut. La seva empenta es va tornar frenètica i ella estava segura que aviat li buidaria la seva llavor al cul.

"Tinc una gran càrrega per a tu", va grunyir l'home.

Fidel a la seva paraula, va continuar grunyint a l'orella, però va calmar el seu atac. L'Erika va sentir que el seu recte intern estava recobert de diversos grans brots de semen. En qüestió de moments, la polla es va tornar flàcida i es va retirar del seu cul. El cul de l'Erika va quedar bocabadat ara que de sobte estava buit. Immediatament, va desitjar el retorn de la seva polla dura al seu pas més privat.

"Ja em trobes a faltar?" va xiuxiuejar. "Ets una gran merda amb el cul ben apretat. Val la pena l'anticipació".

Li va donar una palmada al fons i l'Erika va sentir semen gotejant del seu cul. Es va sorprendre de sentir els seus dits lliscar contra el seu forat afluixat i submergir-se en la secreció cremosa. Quan els dits recoberts de semen es van inserir a la seva boca, va quedar encara més sorprès. Després d'un moment de vacil·lació, l'Erika es va xuclar els dits. Es va delectar amb la depravació del moment abans que la llengua de la dona negra al seu cony l'eliminés del seu estupor.

L'Erika va mirar aquells ulls marrons ferotges. L'apassionada dona negra va llepar i xuclar profundament el clítoris de l'Erika. L'home número 3 es va posar darrere de l'Erika i li va acariciar la part baixa de l'esquena i el cul, amb l'esperança de veure l'Erika correr-se a la boca de la dona.

"Això és", va dir l'home a l'Erika. "No t'avergonyis de correr-se a la boca. A ella li agrada beure dones blanques. T'has guanyat aquest clímax, puta".

El cor de l'Erika va bategar i va xiuxiuejar per a ella mateixa: "Oh, merda".

Quan la dona negra va posar la llengua pel clítoris de l'Erika, l'orgasme finalment va arribar en una mesura èpica. El poder que s'havia alliberat al seu cos va provocar que l'aire dels seus pulmons esclatés. Aquest orgasme no només va afectar els músculs del sòl pèlvic; tot el seu cos es va acotar i es va contreure per l'explosió. Amb prou feines podia suportar-se sobre les seves cames ara gomoses. Tot el pes del seu cos penjava dels seus canells, ben lligat per sobre del seu cap. En conseqüència, les seves espatlles es van estirar d'una manera extrema que podria haver estat dolorosa en circumstàncies normals.

A ella no li importava. El malestar als seus braços va ser temporal. Aquest orgasme era una cosa que ella recordaria per sempre.

L'Erika va arrossegar a la boca de la dona negra. Va ser la culminació de tota la deliciosa agonia que havia experimentat als mugrons i al cul. Realment era una puta del dolor. Era cert; Ara tothom a la sala podia donar fe d'aquest fet.

Aleshores, es va quedar coix. Mentre intentava recuperar el control de la seva respiració, va intentar posar-se dempeus. La dona negra va somriure, sabent que la feina estava feta. L'home la va ajudar a equilibrar-la fins que va poder mantenir-se.

"Exacte com s'anunciava", va dir el subhastador a l'audiència quan l'Erika es va gastar. "Exacte tal com s'anuncia. Ben fet."

El públic va aplaudir mentre l'Erika lluitava per recuperar l'alè. Les dues Dominants li van donar suaus cops a l'espatlla i al cul. Li van xiuxiuejar coses, que ella no va poder processar. Les conseqüències van semblar un borrós.

Es van apropar dues joves empleades. Portaven màscares elegants i sexy i anaven poc vestits amb vestits d'encaix negre. L'Erika es va alliberar de la seva posició quan van afluixar la corda per sobre del seu cap. Aleshores se li van deslligar els canells.

El semen va degotejar pel cul de l'Erika i els seus propis fluids van degotejar del seu cony. L'Erika va mantenir el cap alt mentre els membres del personal l'agafaven suaument per cada braç i la conduïen pel passadís. El públic va aplaudir amb entusiasme mentre feia el passeig de la fama. Cadascú va trobar el que volia aquell dia. Tanmateix, l'Erika estava segura que la seva pròpia satisfacció era la més gran de totes.

L'Erika va ser portada a un dormitori privat on els empleats van utilitzar una pila de tovalloles humides per fregar i netejar cada polzada del seu cos. Una de les dones fins i tot va utilitzar una ampolla per netejar l'interior del cul. Tot el procés va durar uns quants minuts.

Els empleats li van treure la màscara amb cura. El mateix procés es va repetir amb la seva cara. L'excés de llapis de llavis es va netejar i els seus cabells es van lligar amb un moll de professió. El seu vestit va ser recuperat de l'armari mentre estava allà nua.

El subhastador va entrar al dormitori i es va treure la màscara d'or. La seva expressió era curiosa.

"Com et sents?" va preguntar la Lea.

"El meu cul estarà adolorit durant els propers dies", va respondre l'Erika en sec. "I els meus mugrons se sent com si s'haguessin electrocutat".

"I?"

Mentre la Lea esperava la resposta a la pregunta suggeridora, l'Erika va permetre que els membres del personal la vestissin; posant-se el sostenidor i les calces, les mitges, després el vestit a mida, convertint-la una vegada més en una dona professional.

L'Erika va somriure: "Mai m'he sentit tan viva. Així és com em sento, si realment vols la veritat".

"Em pensava que sí", va fer l'ullet la Lea. "Encara estem per sopar?"

"Vostè aposta."

Quan l'Erika es va ajustar el vestit, la Lea va fer un petó i es va tornar a posar la màscara daurada. Va tornar a les seves funcions a la subhasta. Mentrestant, l'Erika va donar les gràcies als empleats, es va posar els talons i va marxar cap a l'oficina.

FI

76